04/20卷

江户川乱步青年侦探全集

大暗室

【大暗室】

[日]江户川乱步（えどがわらんぽ）◎著

叶荣鼎◎译

时代文艺出版社

图书在版编目（CIP）数据

江户川乱步青年侦探全集. 04，大暗室 /（日）江户川乱步著；叶荣鼎译.
—长春：时代文艺出版社，2016.6

ISBN 978-7-5387-5212-0

Ⅰ.①江… Ⅱ.①江… ②叶… Ⅲ.①侦探小说－日本－现代 Ⅳ.①I313.45

中国版本图书馆CIP数据核字（2016）第080998号

出 品 人　陈　琛
产品总监　郭力家
责任编辑　刘瑀婷
　　　　　闫松莹
装帧设计　黄　龙
排版制作　隋淑凤

江户川乱步青年侦探全集 04

大暗室

[日] 江户川乱步 著　叶荣鼎 译

出版发行 / 时代文艺出版社
地址 / 长春市泰来街1825号　时代文艺出版社　邮编 / 130011
总编办 / 0431-86012927　发行部 / 0431-86012957　北京开发部 / 010-63108163
官方微博 / weibo.com / tlapress　天猫旗舰店 / sdwycbsgf.tmall.com
印刷 / 三河市万龙印装有限公司
开本 / 640mm × 910mm　1 / 16　字数 / 114千字　印张 / 10.5
版次 / 2016年6月第1版　印次 / 2016年6月第1次印刷　定价 / 20.00元

出版说明

江户川乱步本名平井太郎，1894年10月21日生于日本三重县名张市，是日本著名的推理作家、评论家，“本格派”推理的创始人，被誉为“日本侦探推理小说之父”。

1923年，他在《新青年》杂志上发表本格推理处女作《二钱铜币》（收录于全集11卷中）轰动文坛，奠定了日本侦探小说的基础，同时也引领了日本推理小说的创作风潮。

“本格”是日语词，有“正规、正统”之意。所谓“本格推理”是指推理者从谜案中搜寻蛛丝马迹，经过严密的逻辑推理，解开谜案疑点，拨云见日、找出真凶的过程。所以，在“本格推理”的世界中有两个要素不可或缺：一是难解的谜案（如密室杀人），二是逻辑严密的推理。这也是本格推理最大的魅力所在，因为谜案难解，才好奇；因为推理刺激，才痛快！

我们出版的“青年侦探全集”（全20卷），共包含23篇本格推理故事，情节扑朔迷离，悬念强烈，既充满诡谲的气氛，又有着环环相扣的严密推理。案情往往在看似山穷水尽之时峰回路转，出人意料又合情合理，令人拍案叫绝。其主角明智小五郎是江户川乱步成功塑造出的日本第一位名侦探，在日本家喻户晓，被称作“日本的福尔摩斯”。密室杀人案、死亡倒计时牌、钟楼里的秘密、五重塔的诅咒……不同于传统侦探故事中主角的开挂式超能，乱步笔下的大侦探在与凶手的博弈中，有时也会犯错误，甚至在交锋中败下阵来。但也正因如此，才使得明智小五郎的形象更为真实丰满，让金属般棱角分明的推理故事中多了一丝有血有肉的真情感。

该全集内容由著名日本文学翻译家叶荣鼎先生，历时八年翻译而成，不仅再现了一代推理大师的作品原貌，更注入了翻译家对大师的崇敬之情。相较于市面上现有的其他译本，叶荣鼎先生的译文文本规范、文字精当、情节紧凑、故事性强，适合各年龄段的读者阅读和收藏。

此外，还有专门为本套图书绘制的精美插图，穿插在故事中，凸现案件发展的关键节点。诚邀爱好侦探推理的朋友，跟随大师的妙笔一起畅游本格推理的世界。随着侦探与凶手视角的转换，一窥善恶。读罢小说，回归现实，你既不是机关算尽的凶手，也不是明察秋毫的神探，周遭的一切皆毫发无伤，但是你却收获了阅读应有的快乐。

时代文艺出版社

目 录

コンテンツ

海上流浪

一望无垠的蓝色海面，泛起一层又一层波纹，没有一丝风，没有白沫四溅的汹涌浪花。

天空蔚蓝，万里无云。

阳光照射在海面上，反射出令人眼花缭乱的银白色。大海中央，漂浮着米粒状的东西。

其实，那是一艘救生艇。

方向舵已经损坏，划船的桨也不见了。救生艇在水流的推动下，漫无目标地漂流。

船上有三个男子，瞧他们那筋疲力尽的神情，仿佛都快要死了。

其中，年龄最大的白胡子老人，面如土色，似乎已经病倒，有气无力地躺在救生艇船底。后脑勺下面枕着从身上脱下的外套。衬衫的胸口部位，在急促地起伏着。

其余两个男子由于极度疲劳和饥饿，那模样好像快要燃尽的蜡烛。

这两名男子的年龄都在三十岁左右，一个脸庞中央高高凸起欧洲人那样的鼻梁，眼睛里射出的目光像尖刀那样锐利；另一个脑袋上顶着黑色短发，眼眸清澈，模样酷似海员。

与其他两个人比较，海员模样的年轻人穿着一般，说起话来用词比较粗鲁。他在这小团体中间似乎最沉着老练，无形中给其他两个人增添了勇气。

救生艇可能在途中遭遇了暴雨狂风的袭击。

“大曾根君，看见陆地了吗？”躺在船底的白胡子老人，不停地嚅动着干涩的嘴唇。

“先生，我们这艘船已经整整一个星期在原地转悠，怎么会看得见陆地呢？”大曾根就是那高鼻梁青年，语气中带着自暴自弃，像发牢骚那样回答。

海员模样的黑发青年在一旁看不过去，忍不住插话说：“即便看不见陆地，现在也不是垂头丧气的时候！我们应该打起精神来，马上会有直升机来营救我们的。我们那艘大船遭难的情况，话务员早已用无线电报发给有关部门了……”

“三国君，你是船员，却不知道漂流的厉害。告诉你，船在海上停滞不前是最危险的。千万不能磨磨蹭蹭！”

“大曾根君，我是海员出身，在这种场合当然要镇静。眼下这种时候，谁慌张谁就有可能抢先跨入地狱。”

“那，怎么办？”

“是啊，无论何时我们都不能气馁，要充满信心。”

“三国君，我们这艘救生艇已经在油水混合的海面上漂流了足足一个星期。营救我们的直升飞机，对我们还活着肯定不抱任何希望，马马虎虎地搜索一下就匆匆飞走了。”

大曾根说的这番话也不无道理，海员模样的年轻人很难反驳。其余两个人，不得不一声不吭地听他大发牢骚。

接着，三个人谁也不说话了。在这伴随着恐惧的沉闷氛围里，白胡子老人的胸脯起伏加剧起来，俨如汹涌澎湃的狂涛。

“水，水，水……”

少顷，白胡子老人嘴角挤出痛苦的呻吟声。其实他心里十分清楚，船上没有能喝的淡水。尽管知道这一切，但由于喉咙渴得厉害，对水的渴望还是像说梦话那样从嘴边滑了出来。

“有明先生，现在船上连一滴水也没有，请克服一下！再过一会儿，我们会有水的……”

简直像到了地狱，饮用水连一滴也没有。尽管船周围的海水无边无际，但那不能饮用，一旦喝下，喉咙会像熊熊烈火燃烧般的难受。因为，海水里含有大量的盐。

“唉，我真想立刻跳到大海里，在溺水死亡前痛饮一番。”

靠在船舷的大曾根，无精打采地注视着蓝色海面，一连叹了好几口气。

想喝水的，不光是白胡子老人和大曾根，就连那船员也想痛快地大口喝水。

眼下，他们个个口渴得快要发疯了。

一星期前，日本都丸号客船从中国香港的港口出发，在途中遇上了狂风暴雨，整个船没能坚持多久就被无情的海水吞没了。

救生艇上的三个人都来自都丸号客船，其中两个人是从事生物学研究的学者师徒：一个叫有明友定，是著名的生物学博士；另一个叫大曾根龙次，是有明友定博士的助手。

这对学者师徒结束了非洲探险之行后，回国途中绕到印度密林时，有明博士不慎得了热性病，病情还非常严重。

经过打针和吃药，热性病好不容易痊愈。助手大曾根曾提出乘坐飞机回国的建议，可有明博士不同意，固执己见，搭乘了都丸号客船。

当然，著名生物学家有明博士坚持搭乘水上交通工具回国是有道理的，因为，他俩非洲之行收集了许多生物标本。倘若乘坐飞机，携带那么多的生物标本回国很不方便。

“当时要是采纳我的建议乘飞机回国，也就不会遇上沉船灾难了。”

后来，大曾根龙次对日本新闻记者叙述了逃生经过。那番叙述，确实是真实的，但不是正确的。为什么说它不是正确的呢？亲爱的读者，要不了多久你会明白的。

运气不佳的有明博士，就是此刻躺在救生艇上危在旦夕的白胡子老人。有明博士的助手大曾根龙次，就是那个高鼻梁且目光锐利的年轻人。

一星期前的那个晚上，有明博士正躺在都丸号客船的房间里鼾睡，猛然间全身受到了重击，不由得睁开眼睛醒了。令他吃惊的是，自己不是躺在床上而是躺在地上。

房间里一片漆黑，电灯不知是什么时候熄灭的。圆窗外面，是瓢泼般的大雨、狂风和夹杂着呼啸声的海浪。

“这到底是怎么回事……”有明博士揉着疼痛的腰骨，费了好大劲儿才从地上爬起来。

这时，助手大曾根飞也似的闯入有明博士昏暗的房间里大声嚷道：“糟啦！先生，船，船撞上暗礁了！”

“什么，船……”

“不快点儿逃就没命了！听船员说，船身被撞了一个大洞，海水大量涌入，船开始下沉了。”

“大曾根君，生物标本比我的生命还重要，一定要保护好它！如果装标本的箱子弄丢了，那我一生的研究就都付诸东流了！”

“先生，现在不是考虑那问题的时候。生物标本今后还可以采集，而先生的生命是没有第二次的。快，请快跟我逃走！”

大曾根龙次一把拽着有明博士的手，急着离开房间。当时，有明博士正慌慌张张地朝皮包里塞笔记本。

昏暗的甲板走廊上挤满了你推我搡相互拥挤的乘客，哭声和喊声此起彼伏，仿佛鬼哭狼嚎。

这当口，都丸号客船凑巧处在台风的正中心位置。怒吼的狂风和呼啸的海浪，使得都丸号客船忽左忽右地大幅度倾斜，猛然间被高高抛起，随即直线坠落，刹那间传来轰隆一声巨响，整个船骑到了暗礁上。

于是，一艘艘满载旅客的救生艇，不断地从大船甲板上降落到波涛汹涌的大海里。

也不知道救生艇的船底是否触及海面了，只听见下面传来一阵阵悲伤的叫喊声，救生艇被海浪相继吞没，沉入漆黑的海底。

有明博士和助手大曾根龙次也掉落到海里，好在他俩都具有科学家沉着冷静的头脑，牢牢地抓住被海浪颠覆而底朝天的救生艇船底。

“手别松开船！就是手臂折断了也不能松手！”

突然，一个有力的男人声音传入快要失去知觉的他俩的耳朵里。

不一会儿，这艘底朝天的救生艇恢复原样浮在海面上。浑身湿得像落汤鸡似的他俩，被这男子救到了救生艇上。

打那以后，这艘救生艇在黑暗、狂风暴雨和海水里拼命挣扎了好几个小时。

当东方渐渐露出晨曦时，肆虐了整整一夜的狂风暴雨和海浪终于偃旗息鼓，不再喧闹。

恢复了平静的大海，沐浴着从地平线冉冉升起的旭日阳光，载着这艘救生艇无声地漂流。

地狱般的折磨并没有就此结束。那以后的一个星期里，这三个幸存者在大海上饱受了远远超过狂风巨浪的折磨——长时间的饥饿、口渴和恐惧。

接受嘱托

有明博士由于全身被海水浸泡了整整一夜，好不容易痊愈的热性病又复发了，再加上整整一星期的饥饿和口渴，已经濒临死亡的边缘。

两个年轻人虽说不是病人，可长达一星期的饥饿和漂流，精神上也开始有点儿癫狂起来。

干瘪的胃里，胃壁上如刀刺般的疼痛。干涩的舌头，坚硬得像烧焦的石块。

救生艇一天天地在海上漂流，难以判断究竟是在朝前行驶还是在原地打转。

冒险故事里常出现的，相互残杀和肉食对方，大凡也就是在这种时候。

大曾根龙次那对瘦得凹陷的眼睛，开始像饿狼那样露出凶光："喂，我已经饿得实在吃不消了，我要动手了，三国君，你别客气！"

大曾根龙次说完这令人吃惊的话，突然解下一只挂在腰上的皮包。皮包里放有带着枪套的手枪，那里面的枪是用于在非洲探险时护身的。

也许是长时间的饥饿和口渴导致了精神异常，他掏出手枪好像打算射杀重病在身的有明博士，随后吃他身上的肉充饥……

三国君想到这里不由得吃了一惊，急忙摆开迎战架势。

"嘿嘿嘿……我从昨天开始就忍不住想咬皮带填肚子了！"

大曾根龙次害羞地扑哧笑了，眨眼间猛地把皮带一端伸入嘴里，嘎吱嘎吱的一阵狠咬。

三国君见状放心地笑出了声，心想："哦，太好了！这家伙精神没有错乱……"

尽管那样，可还是让三国君觉得不可思议。这个身材和模样长得都不错的年轻人，居然像被灌了迷魂汤那样一个劲儿地咬着皮带。

三国君脸上的笑容瞬间消失了，脸色变得阴沉起来，不再看着大曾根龙次，而是脸转向蓝光闪闪的海面。

"怎么样，我这模样奇怪得难以形容吧？先生，你如果觉得这可以充饥，是不是也吃一口呀……"大曾根龙次一边咬皮带吃，一边望着躺在地上的有明博士。

"我已经不行了，没力气与你们一起熬了……"有明博士睁开失去光彩的眼睛，一边断断续续地说，一边微微地摇了摇脑袋。

“先生为什么说这种沮丧的话呀？可爱的京子小姐正在东京盼着先生回去呢，难道您连她也忘了？”

大曾根龙次不是在鼓励有明博士重新拿出活下去的勇气，而是叫嚷着说这些加重先生病情的话。

“是啊，你说的对，我只挂念京子。我这个孙女从小就失去父亲，与我相依为命。如果我死在这里，这世上就再也没有疼爱她的亲人了……”

已经不能自由行动的老博士说到这里，一串串热泪涌出眼眶，沿着憔悴的脸颊往下流淌。他没有用手拭去，而是任凭晶莹的泪水流淌。

接着，他伤心地继续说道：“大曾根君，我上衣内口袋里有笔记本，你把它拿出来念一下……”

“什么，你是说笔记本……”

大曾根龙次眼睛里闪动着不可思议的目光，从枕在博士脑袋下的西装内口袋里取出一个皮封面的小笔记本。

“哦，就是这笔记本……大曾根君，那是我给京子的遗书，是我在印度医院里病床上写的。我当时躺在那家医院的病床上，以为自己活不长了，就写了这封遗书。当时没起什么作用，现在有用了……你给念一下。”

在有明博士的催促下，大曾根龙次用颤抖的手翻开了小笔记本上写有博士遗言的那一页。

京子：

我扔下不幸的你，提前去了你双亲已经去的天国。活着的时候，我一直埋头于自己的研究，没有好好地关心你，请你原谅我的过错。

我今生只有两个愿望：一是培养你成为对社会有用的出色人才；二是哪天能和你一起去墓前悼念因战争失去生命的你的父母。

遗憾的是，我已经不能期待那一天了，只是希望你尽快找到一个能代替我保护你并培养你成为出色人才的好心人。

幸亏，我身边有一个忠实的助手大曾根龙次。他年轻好学，热心于学术研究，是一个不管遇到什么难题和不幸都能克服和超越的青年。

京子啊，我想指定大曾根君为你的监护人，一直监护到你长大成人为止。有了大曾根君的保护，你在成长的道路上无论遇到什么曲折和坎坷，一定能化险为夷。

这一点，爷爷深信不疑……

爷爷　有明友定

不用说，大曾根龙次念着念着，手指颤抖得更厉害了。从学生时代起，他就常去博士的家，把那里几乎当作自己的家。但他做梦也没有想到，有明博士会如此信任自己。

“大曾根君，你别吃惊！我是衷心希望京子能获得幸福，好让我放心地去天国。为此，除你以外，没有其他可以让我放心的人。你除了代替我监护京子之外，还可以自由支配我的全部财产。关于证明人，我请一起乘坐在这条船上的三国君担任。”

“先生，这……”

“不用说，我的研究室就拜托你了。只要它能继续工作，实现我的两个遗愿就行了：一是继续我的研究；二是把我不幸的孙女京子培养成有良好素养并对社会有用的女性。”

“先生，我……实在是没那样的能力。”

“你别那么说！这世界上，只有你才能代替我让京子顺利成长。好了，就这样说定了！”

重病在身的有明博士为了说这些话，用尽了最后的一点儿力气。他说最后那些话时，几乎是声嘶力竭的。

“喂，大曾根君，你明白我说的话了吗？快答应我吧……”有明博士吃力地催促大曾根龙次回答。

“嗯，我答应。如果先生万一真不行了，我将代替您培养京子小姐，让她成为一个出色的人才。可是，先生，您不用那么担心，您能活下去。”

内心的无比兴奋和异常激动，使得大曾根龙次的额头上渗出雨点儿般的汗珠，望着濒临死亡的博士一口气表白了决心。

“谢谢，谢谢……”

也许是因为听了助手大曾根的这番回答，有明博士似乎觉得孙女有可靠的监护人了，可以放心了，不知不觉地闭上眼睛睡着了。

“原来，老博士一直在挂念自己的孙女啊……”

三国君的心总算落地了，喃喃自语道。大曾根龙次却什么也没说，好像在思考什么。

从侧面望着大曾根龙次脸上十分认真的表情，三国君曾两度想说话，最终还是没有开口。

海面上，一条条大鱼不时地甩动背脊，时而跃出水面，时而潜入水里。

可救生艇上的三个男人根本没有捕捉它们的力气，再说既没钓鱼竿又没鱼饵，只能望着它们发呆。

昨天，大曾根龙次用手枪朝着不时跃出水面的鱼背射击……他那皮带上的枪套里，有六颗没有浸水的子弹。

六颗子弹里，昨天被他射出了四颗，但不知那些子弹是否击中目标。不过，没发现肚子朝天的鱼浮在水面上。

当时，大曾根龙次似乎想出一个什么好主意。

“往后万一遇上那样的情况，没了子弹可不行。好，浪费子弹的做法就到地为止吧……”他自言自语地说到这里，脸转向还希望他再射击的三国君，毅然停止了射击。

那么，他为什么要留下两发子弹呢？不用说，大曾根龙次当时肯定有某种打算。可时间没隔多久，那两发子弹却因情况急剧变化起了意想不到的作用。

两发子弹

时间一分一秒地过去，漫长的一天又迎来了傍晚，童话故事里描述的美丽星空展现在眼前。

这是一个寂静的夜晚，三个漂流者做着天堂美梦，不知不觉地睡着了。等他们醒来时已是拂晓。

这艘救生艇上的三个人，自从都丸号客船撞礁沉没以来，已经在海上度过了七个早晨。今天，是第八个早晨。

满天的星星，一个个失去光亮消失了。取而代之的，是从地平线上缓缓升起的一轮红日。旭日把天空与大海染成了橘红色，海与天连成了一体。

这三个徘徊在生死边缘的漂流者，面对着充满无限魅力的自然景色，精神不由得振奋起来。

三国君爬起来靠着船舷，欣赏随着红日喷薄欲出而金光闪烁的地平线。此时此刻，他的眼前猛然出现了比自然景色更具魅力的情景。

“瞧，陆地！我看见陆地了！”

饿得前腹贴后背的三国君，也不知道自己居然会那么大声狂呼。当这猛兽般的吼叫声传入耳朵时，自己也不由得吓了一跳。

“什么，陆地？在、在、在哪里？”

听到叫声的大曾根龙次一骨碌爬起后，顺势站了起来。

“那里，那里，在太阳的右边。瞧……啊，就是那黑线模样的东西。那不是云，那是陆地，肯定是陆地。”

三国君的惊叫声和救生艇的激烈摇晃，惊动了昏睡的有明博士，他也忽地睁开了眼睛。

“是陆地吗？是陆地吗……”

声音虽又轻又嘶哑，可从昨晚一直到现在的充足睡眠，也许使有明博士的病情有所减轻，与昨天那副有气无力的模样相比有了很大变化。特别是精神，明显好多了。

“是的，是陆地，是陆地！大家应该高兴！昨天无法看见的陆地，今天看见了……先生，我们这艘船没有在原地打转，它一直是朝着太阳升起的方向在移动呢！”三国君喜不自胜的声音，犹如兴奋剂刺激和鼓励着有明博士。

“原来是陆地……我们这艘救生艇可能还在潮流里。照这么说，是啊，我可能还没到绝望的时候。”

仰躺在船底的有明博士，脸上浮现出对生的渴望。

“是呀，当然可以得救。即便是现在没有舵和桨，这艘船也会自然而然地靠近陆地……”

三国君无比兴奋，朝着已经完全从地平线升起的太阳作揖祷告。

一个小时过去了，两个小时过去了，三个小时过去了……船上的三个人探出脸，目不转睛地眺望着水平线那边的陆地影子。

就这样望眼欲穿，到了下午的时候，三国君果然言中……早晨还是黑乎乎的陆地，现在被染成一大片绿色。随着时间的过去，绿色面积越来越宽阔。

“根据目前的船速，这艘救生艇看来明天早晨就可以接近那座岛。太难得了，我们得救了……可是，等一下！”

大曾根龙次终于克制住兴奋得几乎快要手舞足蹈的心情，突然停止刚才的喃喃自语，把最后的“可是，等一下”那几个字咕咚一下咽到了喉咙里。

刹那间，他的心变成了冰块一般。

你有这么欣喜若狂的必要吗?

他那冰天雪地般的内心世界，仿佛响起恶魔的吼声。

得救的不光是你，还有那个有明博士。老家伙的生命力非常旺盛，病情也似乎好了许多，只要登陆后去医院住上一段时间就会好转痊愈的……

老家伙生命一旦有了转机，放在我口袋里的那个黑色小笔记本上的遗嘱岂不成了废纸？好不容易获得将可自由支配的有明博士的几百万遗产，将像蒸汽那样从你身边悄悄溜走。

既然将变成那样的结果，难道你还打算救他吗？你岂不空欢喜一场吗？啊哈哈哈……

大曾根龙次理解了魔鬼笑声的含意，脸色霎时变得铁青。

猛然间，大曾根龙次的视线迅速移向挂在皮带上的枪套。

嘻嘻嘻……我真是太细心了！不是还保存着两发子弹吗？嘻嘻嘻……

他慢慢地打开枪套盖，悄悄地从中掏出铮亮的手枪。

“喂，大曾根君，你是不是又要瞄准鱼射击呀？”三国君感到惊讶，连忙问道。

大曾根龙次的目光紧盯着三国君的眼睛，说了一句奇怪的话：“你大概还记得我有一手好枪法吧？我不是曾经在都丸号客船甲板上，不偏不倚地射中十米远的扑克牌上的花吗……”

“嗯，我记得很清楚！”

“因此，如果我瞄准你的脸，不管是瞄准左眼还是瞄准右眼，只要扣动扳机，就可以百发百中地在你的眼眸上开一个小孔……”

大曾根龙次说完笑了笑，随后迅速举起手枪，眨眼间对准了三国君的脸庞。

“啊哈哈哈……别开玩笑！眼眸上开孔怎么可能！啊哈哈哈……”

三国君不可思议地呵呵笑个不停，可笑着笑着，脸上的五官渐渐歪斜起来，眼看快要哭了。

“别胡来！你要干什么？”三国君的声音变得悲伤起来。

“我要瞄准你射击！”大曾根龙次把准星对着三国君，态度冷漠地说，“让你活着对我来说不是一件好事。虽说你值得同情，但我还是要瞄准你，而且必须瞄准你的心脏部位。”

“哇”的一声悲鸣，救生艇剧烈地晃动，水花激烈扬起，与此同时，枪声响了。

三国君敏捷地闪开大曾根龙次瞄准自己的枪口，跳入大海。不知是枪声先响，还是三国君先跳入大海，一时间无法辨别，总之，两个人的行动都很迅速。

身着白色衬衫的三国君，与救生艇之间的距离很快被拉开，朝远处漂去。看着看着，白色衬衫被染红了一大片。

看来，大曾根龙次扣动扳机的时候，也有可能是三国君跳海的一刹那前。

“大曾根，你，你发疯了？”

大曾根龙次赶紧朝声音传出的方向转过脸去，只见重病在身的有明博士费力地支撑起上半身，哆嗦着嘴唇，目光紧盯着他。

“我根本就没有发疯，就像您看见的这样非常冷静。”大曾根龙次冷笑着，猛地把枪口对准有明博士的胸膛。

“你，你要干什么？”

有明博士那对凹陷的眼眸眼看快要蹦出眼眶，直勾勾地望着大曾根龙次。

“嘿嘿嘿……有明先生，您有眼无珠看错人啦，居然让我做京子小姐的监护人……我变着法儿通过学习生物学接近你，根本不是对生物学感兴趣，而是有其他目的！”

“那，你到底是什么目的要那样辛辛苦苦地跟着我？”

“十年前，您也像这回一样去非洲探过险，回国时带回一颗黑宝石。我就是为了盗窃那颗宝石接近您的。”

“什么，黑宝石……我根本就不曾带回过什么黑宝石。”

“要是没有也无关紧要……因为我是京子小姐的监护人。您的财产我可以照单全收，我可以慢慢地找那颗黑宝石！”

“我怎么可能让你这样的恶魔自由支配我的财产！”

“哈哈哈，我是一个十足的恶魔！您就在这海底祈祷我变成一个出色的恶魔吧！嘿嘿嘿……好了，先生，您大概没有什么要说的话了吧？就请您与这个世界永别吧！”

随着救生艇船身的剧烈晃动，大曾根龙次的枪口冒出了白烟。有明博士衬衫上的胸口部位，随即出现了一个黑色窟窿，殷红的鲜血渐渐向四处漫延。

当涌出的鲜血变成像红牡丹花朵那样形状时，有明博士的身体摇摇晃晃地倒在地上，不再动弹。

夕阳将海水染成了血一般的颜色，朝着地平线下徐徐沉没。殷红色的大海上移动着栗粒状的救生艇，船上载着枪杀两条人命的凶手大曾根龙次，朝着遥远的海岛摇摇晃晃地漂浮而去。

家庭教师

都丸号触礁沉船事件发生后，各新闻媒体竞相报道了生物学家有明友定博士与助手大曾根龙次生死不明的消息。居住在东京的有明京子通过报纸得知了这一消息。

对于因战争而失去双亲，一直由爷爷有明友定博士抚养至今的有明京子来说，这消息犹如晴天霹雳，令她悲恸欲绝。有明京子整天哭个不停，伤心得眼泪快要哭干了。这世上能从心里关爱有明京子的直系亲属，从此一个也没有了。

在有明京子周围，有许多常来有明博士研究所搞生物研究的年轻弟子。当然，这些弟子中间没有大曾根龙次那样的败类、恶魔。

“怎么办？我建议大家齐心协力，把可爱的京子小姐培养成出色的人才……”

“好！我们赞成！这是头等大事，以安慰恩师有明先生的在天之灵。”

在座的人一致同意。从那天开始，弟子们都视小学生有明京子为自己的妹妹，不仅在生活上，还在学习上给予了无微不至的关爱。

不幸的有明京子在爷爷的众弟子的关怀下，度过了大约半年的幸福时光。

这时，也就是都丸号客船遇难事件被新闻媒体披露约半年后的正月里，一起令许多人出乎意料的事情发生了。

死里逃生的大曾根龙次，突然出现在有明京子的面前。

“京子小姐，别吃惊！当都丸号客船触礁沉海时，我曾救出有明先生，随后保护他跳到海里……”

狡诈的大曾根龙次召集研究所的主要研究员们，并让有明京子出席，他详细叙述了那天晚上都丸号客船沉没的经过。

“我背着有明先生在黑暗的大海里浸泡了整整一个晚上。当时如果再浸泡一个小时，我也将完全失去意识。

“就在这危急关头，漂来了一条救生艇，上面一个人也没有，是一条空船。我思考了片刻，觉得可能是这样的情况。

“乘坐这条救生艇逃命的旅客，多半因为狂风巨浪翻船后掉到大海里被海浪冲走了。救生艇出现在我俩面前，应该是天意。

“于是，我抱着有明博士拼命地爬到船上。上船后，我们并没有得到直升机的救助。等待着我们的，是长达一个星期惊心动魄的地狱般的生活……”

大曾根龙次说到这里稍作停顿，咽了一口唾沫，朝大家环视一眼。当看到大家把注意力和好奇心全集中在自己脸上时，他继续叙述：“我们受饥饿困扰，已经顾不上什么叫羞耻，咬系裤子的皮带充饥，终于度过那段难熬的日子并活了过来。”

“啊！咬皮带吃……”有明京子仿佛听惊险故事那样，心脏剧烈地咚咚直跳。她被大曾根龙次绘声绘色的描述深深吸引住了。

“……当时，如果不咬皮带充饥，两个人也许会相互残杀肉食对方！”

大曾根龙次说着，脸上浮现出让人不寒而栗的笑容……

这时，不光有明京子，就连出席会议的研究员们都吓得魂不附体，仿佛背脊上被猛浇了一盆冰水，浑身直打哆嗦。

站在大家面前讲述恩师有明友定博士生命最后片段的大曾根龙次，此刻脸上的表情俨如从海底爬上岸的死神。说着说着，他本人似乎完全陶醉在自己编造的精彩故事里，还煞有介事地说：

“古话说，乐极生悲……我过去一直以为这是迷信话。可是，我现在越来越觉得那是颠扑不破的真理。

“我们在死亡线般的大海上漂流了一星期后，突然发现了长满一大片绿色树木的无人岛。我们当时的心情就像在黑夜里看见了黎明的曙光，沉浸在无比的喜悦中。

“我和有明先生彼此抓住对方的手臂，发疯似的大笑，五分钟、十分钟……我们的笑持续了很长很长的时间。

“也不知为什么，一直在兴奋狂笑的有明先生，脸色瞬间变得难看起来。紧接着，有明先生的脸色变得像死人一样苍白，随后扑通倒在地上不再动弹。

“是啊，脉搏跳动一直很微弱的有明先生，终于经受不住突如其来的极度兴奋和哈哈大笑，心脏停止了跳动。”

大曾根龙次的话，说得大家屏住呼吸大气不敢喘。正想哇哇大哭一场的有明京子，惊愕得居然忘了哭泣，凝视着大曾根龙次的脸，许久没有移动视线。

大家望着大曾根龙次被烈日晒成的印度人似的脸庞，瘦得凹陷下去的眼眶，以及噙着泪水哭着叙述与死神搏斗以及与恩师有明先生遗体告别的经过，没一个人认为那是编造的，都信以为真。

就这样，大曾根龙次成功地蒙混过关，骗取了有明博士其他弟子们的完全信任。一年后，由于他持有有明博士写在皮封面笔记本上的遗书，顺利登上了研究所所长的宝座。不仅如此，大曾根龙次依据遗嘱，还摇身一变成了有明京子的监护人，名正言顺地居住在有明别墅里。

自从大曾根龙次搬入有明别墅与有明京子一起居住后，住宅内部发生了翻天覆地的变化。有明博士生前长期雇用的女用人以及管家都先后遭解雇回了老家，且未被告知任何理由。

“为什么都回老家了？”

有明京子在老管家走的那天，依依不舍地悄悄问道。于是，老管家伤心地眨着眼睛答道：“京子小姐，大曾根龙次说我们再住下去，生活将无法维持。”

“真的？为什么……”

“大曾根龙次说，有明先生留下的财产已经越来越少，再这样下去不得不变卖这幢别墅了，要我赶快离开这里。京子小姐，请原谅我。”

“对不起！”告别老管家，有明京子涨红着脸像逃跑那样钻入自己的卧室，胡乱地弹起钢琴来。

不仅女用人和老管家们相继回了老家，就连研究室的弟子们也不再上班从事研究了。昔日热热闹闹的有明别墅，今日冷冷清清的像破庙。

“大家为什么都走了？是不是我们家穷得付不起研究费而中止研究的缘故？一定是这么回事！”一天，有明京子担心地询问监护人大曾根龙次。

“如果生物研究费不够，可以卖了我的钢琴补充经费。”

听了有明京子的建议，大曾根龙次微笑着答道：“没这必要！他们是知道有明博士不再回来而相继离开研究室的！”

“噢，这些人太无情了！”

“这些人去了其他研究室，可以很快升上博士！”

“爷爷生前费了那么大心血建立的研究室就这样解散，太让我伤心了……”

有明京子热泪盈眶，难过得说不下去了。大曾根龙次见状笑着答道：“京子小姐，请相信我，不管遇上什么困难，我会继续有明先生生前的研究，直到成功为止。京子小姐，你别操这份心，每天精神饱满地去学校上学就是了。”

他一边说一边拍打自己的胸脯，向有明京子保证。

他这样保证，我能放心吗？不知何故，有明京子尽管知道得不很清楚，但心里总觉得大曾根龙次的话不可信。

大曾根龙次越是善待有明京子，有明京子越感到莫名的恐惧。大曾根龙次一直借口没钱把管家和女用人打发回家，却特意为有明京子买了一台高档的电视机。他这样做的目的，无非是想让有明京子对他放心，别再过问。

虽然，大曾根龙次信誓旦旦地说要完成有明先生的生物学研究，可他每天根本就不去研究室，总是大清早出门，也不知去哪里，一直要到晚上有明京子上床睡着后才回到别墅。

有明京子最近一段时期越发怀疑起大曾根龙次来，而大曾根龙次也变得不像以前那样主动与有明京子说话。

老管家走后，大曾根龙次找来一个耳聋的老太太，负责照料有明京子的生活。伤脑筋的是，有明京子打心眼里讨厌这个老太太，原因是老太太居心不良，经常让有明京子吃冷饭冷菜冷汤，而她自己则偷偷躲在房间里吃热乎乎的汤和饭菜。

有明京子放学回家后就在自己的卧室里看书学习，觉得每天的生活十分冷清。突然有一天，大曾根龙次不知从哪里回来，出乎意料地带回一个看上去头脑灵活的年轻小伙子。

“京子小姐，他叫小岛君，是在夜校学习的高中学生。从今天起，他就跟我们住在一起，每天辅导你学习。你一定要好好学习，明年就要上初中了，不多学一点儿，就不能成为优秀的中学生！”

大曾根龙次异常亲切地说，似乎在善意批评嗜好侦探小说的有明京子。

这时，刚才两眼一直在骨碌碌扫视房间四周，眼睛里闪动着不怀好意的目光的小岛君，径直走到有明京子跟前自我介绍说：“京子小姐，我叫小岛，从今天起就是你的家庭教师。为了学习，你绝对不能再看与读书无关的侦探小说。”

小岛用命令的口气一本正经地说，似乎根本没有商量的余地。

啊，这小子太傲慢了！

有明京子暗自嚷道，愤愤不平地盯着小岛君的脸。

果然从第二天起，有明京子不管去哪里，身后都跟着监视她的小岛老师。有明京子在别墅的时候，就更不用说了！即使去学校上课的时候，小岛老师也没停止对她的监视，他总是站在光线暗淡的走廊角落。

瞧那模样，酷似跟踪不良少女的警官。

“大曾根叔叔究竟为什么要让那么可怕的小岛监视自己呢……”

有明京子越发觉得不可思议。

亲爱的读者，你一定会觉得大曾根龙次为实施什么阴谋，指使小岛监视有明京子。那么，这个叫小岛的夜校高中生，果真是恶魔大曾根龙次的爪牙吗？

屋顶溜冰

大曾根龙次雇用的小岛君自来到有明别墅后，使得有明京子越来越不能自由地离开别墅外出游玩。

“京子小姐，你最近怎么不来我家玩了？咱们一起出去玩好吗？”

“去哪里……”

“去车站广场那家百货大楼的屋顶上，那儿有大溜冰场！”

“我不会溜冰，下次去吧！”

“像京子小姐这么聪明的人，马上就能学会的。这双带轮子的溜冰鞋，是我妈妈让我送给你的。请穿一下试试看！”

“啊，这双溜冰鞋太可爱了！请代我谢谢你妈妈并向她问好！”

“稍浪费你一点儿时间，请跟我一起去溜冰场好吗？”

“下次去吧！我也不知怎么搞的，从早上开始就觉得有点儿头痛。谢谢你特意送来这双可爱的溜冰鞋，可是……实在是对不起你！”

跟她要好的同学绫子小姐，因担心有明京子，特地上有明别墅邀请，却被婉言谢绝了。绫子小姐感到失望，怏怏而归。

有明京子躲在窗帘阴影处，悄悄目送着失望回家的绫子背影，难过得差点儿哭出声来：“绫子小姐，真对不起你！我不是不会溜冰，要说溜冰，我可比男同学强得多……

“可是，我如果跟你一起去溜冰，那个令人讨厌的小岛肯定又要跟着监视我。我又不是不良少女，讨厌在被别人监视的场合下玩耍！”

有明京子怒气冲冲地坐到钢琴前，弹起心爱的肖邦独奏曲。

窗外和煦的春光，使草坪颜色变得更加翠绿可爱。阳光下，两只黄色蝴蝶正在尽情地飞来舞去。

“啊，今天是星期天，可我什么地方也不能去……”

此刻，有明京子连最喜欢的钢琴也不想弹了。

就在这时，房门无声地被推开了，小岛君像幽灵那样走进房间，悄悄地站在有明京子的背后。

“京子小姐，大曾根先生吩咐我立即去东京车站买车票，你给我乖乖待在这房间里，什么地方也不准去。京子小姐，你可能不知道吧，这幢别墅里有妖怪。

“如果你不听我的劝告在别墅里到处乱跑，说不定会倒霉的。还有，不管遇上什么情况，即便是大曾根龙次，你也不能让他随便进你的房间。我说的话，你听见了吗？”

“啊，为什么不能让大曾根叔叔进我的房间？他难道不是这幢别墅的主人吗？”

有明京子故意为难小岛君给他出难题，心想，你明明是大曾根龙次的爪牙，却假惺惺要我提防他。你在这里背着大曾根龙次说坏话，一定是不小心说漏嘴的。接下来，你小岛君一定会慌慌张张纠正自己说的错话。

可奇怪的是，小岛君接下来说的话越来越让有明京子感到不可思议，莫名其妙。

“京子小姐，什么别墅主人不主人的，我才不在乎呢！如果别墅主人不是好人，使坏，在我的心目中就会分文不值！”

小岛君笑容可掬地说完，一脸若无其事的表情。

啊，啊，明白了！小岛君肯定做错了什么，受到了大曾根叔叔的责备。

所以，他感到后悔，在我面前说他的坏话。

猛然间，有明京子恍然大悟。

小岛君是什么人？不就是接受大曾根龙次委托来这里辅导我学习的吗？我不能错过这机会，问问他与大曾根龙次之间究竟是什么关系。

“小岛君，你来我家的任务是什么？”

“这，我不是说过了吗，京子小姐，我是你的家庭教师呀！”

“如果只是担任家庭教师，应该是辅导我学习的吧？小岛君，可你简直像侦探！”

“为什么？”

“你经常像狗那样跟着我外出，不就是侦探吗？”

“是因为担心京子小姐受伤！”

“大概不光是这个原因吧？是不是担心我对别人说大曾根龙次的坏话而跟踪我的？”

“没那回事！京子小姐难道有必要说大曾根龙次的坏话吗？”

“咦，小岛君，你刚才不是说大曾根龙次不是好的别墅主人吗？”

“大曾根龙次即便不是好的别墅主人，也会爱护京子小姐的吧？可往后他究竟会变得怎样，我可说不上来……”

小岛君又说出令有明京子难以理解的话。

“你是想说，大曾根龙次今后打算欺负我……”

“我想大概是这样。因此我刚才不是说了嘛，请京子小姐多留点儿神。”

“到底为什么？我不明白。”

“那是有原因的……”

就在小岛君刚要说原因的时候，只听见走廊上突然传来朝这里走来的皮鞋声。小岛君一听到响声，吃惊地转过脸来。

“喂，小岛，你喋喋不休地说什么呀？我刚才吩咐的任务，你快去给我完成！出售车票的地方，就是东京车站！”

闯入房间的大曾根龙次，一边训斥小岛君一边狠狠瞪了他一眼。小岛君慌忙解释说：“对不起，对不起，因为我刚才见到一个女生来过小姐房间……”

“现在，你只需完成我交给你的任务就行了。好了，快去买吧！”

“对不起！”

小岛君深深地鞠了一躬，惊慌失措地跑到走廊上。

“不盯着你，你就贪玩，唉……”

大曾根龙次嘟哝着，小心翼翼地拿起桌上那双溜冰鞋。

“咦，这双可爱的溜冰鞋……是向刚才那女同学借的吧？”

“是的，她邀请我一起去溜冰。”

“那你为什么不去……”

“我不会溜冰。”

“要是穿这种鞋溜冰，我可是一把好手哟！我教你好吗？不过，你要有两三次摔倒的思想准备，那样，你就能记住了！”

“我不喜欢溜冰。如果摔倒了，会被别人笑话的……”

“一个人练习就不必那么担心了。是啊，我在研究室的屋顶上教你好吗？在屋顶上溜冰，根本不需要担心被别人看见。不管你摔倒多少次，天上的太阳公公是绝对不会笑话你的，放一百个心吧！”

“那，大曾根叔叔，你不笑话我吗？”

“我是教你的，教你的人怎么会笑话你呢？好了，把溜冰鞋拿着跟我一起去屋顶练习溜冰吧！”

大曾根龙次几乎是用命令的口气对有明京子说的，随后快步离开房间走了。

眼下，有明京子不能说“我是溜冰行家”了，只得无可奈何地提起溜冰鞋，很不情愿地跟在大曾根龙次身后朝外走去。

有明博士研究所建造在院子的一角，是一座三层楼建筑，外观气派。混凝土浇筑的屋顶地面，非常适合溜冰。

今天是星期日，屋顶上一个人也没有。在明媚温暖的阳光照耀下，有明京子的宠物奇罗白猫正紧贴着屋顶右侧的金属网酣睡。为防止人和物从屋顶掉到地面，有明友定博士生前在屋顶四周建造了金属网。

“好，我最放心在这里溜冰。快打起精神来！穿上溜冰鞋，从你那里朝我这里滑过来！”

脱去上衣的大曾根龙次笑嘻嘻地说着，背朝着金属网摊开双手，叉开双腿。

“怎么啦？有什么可怕的！一害怕更会摔倒！好，快打起精神滑过来！”

大曾根龙次站在对面幸灾乐祸地吼道。

有明京子下决心了。大曾根的讥笑反而使她勇气倍增。她决心全力以赴地滑，一定要让大曾根龙次大吃一惊。

“大曾根叔叔，我朝你那里滑了哟！”

有明京子的话音刚落，猛地朝站在对面的大曾根龙次滑了过去。

“啊，危险！”

大曾根龙次挥动手臂叫嚷，目的是想让有明京子觉得滑冰是最愉快的。可这时，大曾根龙次似乎慌了神。有明京子正面朝他滑去，企图把大曾根龙次撞倒在混凝土地面上。

她的身体随着一声吼叫，犹如飞出枪膛的子弹朝大曾根龙次撞去。就在这时候，大曾根龙次灵活地闪过身体躲开撞来的有明京子，一溜烟逃到边上。

来不及了！由于溜冰鞋轮子的惯性，使得有明京子无法减速，整个身体朝着金属网撞去。

按理说，代替遮挡扶手的金属网很结实，尽管身体撞上去会疼痛，但完全可以挡住有明京子的快速撞击。

然而不知怎么回事，大曾根龙次刚才站的地方，其背后的金属网上有面积约一平方米的大洞。而大曾根龙次为了避开有明京子的撞击，已经敏捷地离开那里。

可怜的有明京子，嗖地从金属网上的破洞飞出坠向地面。

“哇……”

有明京子发出惊叫声。无疑，大曾根龙次听到了惊叫声，脸上却浮出恶魔般的冷笑。

“啊哈哈哈……上我的当了！”

大曾根龙次心里不停地暗笑，一秒钟，两秒钟……他等待着有明京子坠落到混凝土地面时发出的最后叫声。

突然，扑通的水声飞入他的耳朵。

“糟糕！这下面怎么会是游泳池……”

刹那间，大曾根龙次企盼的那份喜悦烟消云散了。

“哦……再等一下！不管什么样的游泳池，从这么高的地方掉到那里多半会受伤的。不，不，一旦胸部与水面相撞，也会死……”

大曾根龙次慢吞吞地点燃一支烟，吸一口后从鼻子里喷出白烟，沿楼梯朝下面走去。

他从后门进入院子，沿着研究所建筑物绕到西侧游泳池，笑嘻嘻地朝游泳池里窥视。也不知怎么回事，游泳池里并没有有明京子的人影。

看着看着，他的脸色陡然间变得像白纸一样苍白。

“奇怪，真有这回事……既不见她爬上来，也不见她的影子。”

大曾根龙次望着游泳池里微微晃动的海草，渐渐地战战兢兢起来。莫非游泳池底部爬出什么鳄鱼来，一口吞吃了有明京子？

他一想到这里，仿佛脊背被浇了一盆冰水，吓得全身直打哆嗦。

白昼幽灵

有明京子从高十米的屋顶上倒栽葱似的掉落到游泳池里，却宛如冰块融化成水那样无影无踪了。

“奇怪！一定是沉到游泳池水底还没有浮上来……”

为慎重起见，大曾根龙次决定将游泳池里的水抽干。

这座游泳池是用于生物实验而建造的，简直像海底那样，有贝壳，有海草，还有许多在海草里穿梭的鱼。

此时此刻，游泳池里的水不停地翻滚着旋涡，沿排水口迅速流向下水道。

不用说，下水道的洞口拦有金属网，就算有明京子整个身体沉到水底，也不必担心顺着排水口被冲入下水道。

大曾根龙次站在游泳池边上，紧盯着快速下降的水面。

五分钟，十分钟……不一会儿，混浊的池底清楚地露出来了。

然而，不要说有明京子本人，连她的影子都没见着。

“她到底逃到哪里去了？”

大曾根龙次垂在膝盖上的两只拳头，情不自禁地抖动起来。

一旦失去掉在游泳池里的有明京子，这幢空荡荡的别墅里就剩下他自己和那只白猫了。

为了防止他这蓄谋已久的杀人计划败露，大曾根龙次故意安排耳聋老太太和家庭教师小岛君外出，分别让他们出去购买东西。

他俩已经外出一个多小时，不可能在别墅里。

“奇怪！按理不会有人救助有明京子的……”

渐渐地，大曾根龙次越发觉得奇怪起来。

为了进一步弄清真相，大曾根龙次走进别墅里一个房间一个房间地仔细搜索。可所有房间都没有她的人影。

大曾根龙次又返回刚才的游泳池边上，坐在那里一声不吭地抽起烟来。

“我肯定在哪里有疏忽，这幢住宅里一定有我不知道的暗道。对，必须尽快找到她，把她拽出来杀了……”

大曾根龙次极力克制焦躁不安的情绪，搜肠刮肚，寻找答案。

考虑再三，思路反而越发糊涂起来。

“莫非，她爬出游泳池逃到别墅外面去了？”

一向小心谨慎的大曾根龙次，终于承认自己设置的圈套失败了。

“唉，再考虑也是白搭！等小岛君回来后让他去有明京子的同学家寻找，她肯定逃到绫子家躲起来了。”

想到这里，大曾根龙次总算直起腰板站起来，想要离开游泳池。

就在这时，突然有人在背后拍打着他的肩膀，那手势，那拍打肩膀的轻重，如同久别重逢的老朋友那样亲热。

“奇怪呀，星期天怎么会有多年不见的朋友来访……”

大曾根龙次一边这样想，一边赶紧堆笑着转过脸来。刹那间，刚堆满笑容的脸顿时变得僵硬起来。

大白天，他犹如看见幽灵那样，两条腿直打哆嗦，瞪大眼睛直愣愣地盯着站在他面前满头卷发的男子。

“嘿嘿嘿……大曾根君，好久不见了！”卷发男子猛地凑上他那张被太阳晒黑的脸，露出洁白的牙齿。

“你，你，你还活着……”

大曾根龙次瞪大双眼，歇斯底里地吼叫。

“大曾根君，你居然还没忘记我这张脸……”

“怎么可能忘呢？”

“原来是这样。是啊，因为我是那个已经被你杀死的海员！”

卷发男子又扑哧笑了。是啊，大曾根龙次曾好多次在梦里见到这张笑脸，当然不是怀念，而是因为害怕脑袋里才有那样的回忆。

可越是害怕，梦里就越会出现这张脸。

是的，男子就是在那艘救生艇上被子弹射中跳进海里的海员三国君。不用说，开枪射击的是大曾根龙次。

三国君被子弹射中跳到海里，也不知被冲到什么地方。

由于当时情况特殊，大曾根龙次也无暇顾及三国君是否会死里逃生，多半当时就认定他已经去阎王那里报到了。

都丸号客船遇难时，大曾根龙次和有明博士掉到海里，就是被三国君救上救生艇的，那后来还和他们在海上漂流了一个星期。

“你的运气真不错，居然得救了……”

大曾根龙次终于开口说话了。此刻，他已经恢复平日里的常态，用不可思议的目光打量着三国君。

“没什么不可思议的！哎，我有话想跟你慢慢聊。来，到那边坐坐。”

三国君笑嘻嘻地让大曾根龙次坐在游泳池边上，自己则弯下腰肩并肩地坐在他旁边。

大曾根龙次越发感到恐怖。通常，遇上曾开枪射杀自己的凶手，肯定是仇人相见分外眼红，会奋不顾身地扑上去与对方决一死战。

可是，像这样友好地肩并肩坐着……

那么，也许是三国君惧怕大曾根龙次？答案，显然是“否”。假设他害怕大曾根龙次，不可能主动坐在凶手身边，一定是悄悄通知警方，让警方捉拿大曾根龙次归案。

啊，明白了！这家伙真聪明……是啊，我当时是朝他开过枪，可他手里根本就没证据。我完全可以否认朝他开过枪，再说唯一的目击者有明博士已经死了。除他以外，不可能有活着的证人。

因此，他只能哑巴吃黄连有苦说不出。没有证据，没有证人，警察怎么会随便按他说的逮捕我呢？

明白了！明白了！三国君这家伙知道自己的弱点是没有证据，所以没敢去警方报案。

不过，他突然出现在这里，显然是想麻痹我，趁我不注意的时候，从我嘴里捞到证据。

对付这家伙，我可不能说漏嘴……恶魔大曾根龙次觉得自己完全看透了对方来访的目的，于是放下心来。

那么，三国君真像大曾根龙次估计的那样，是为取证而来的吗？

遗憾的是，大曾根龙次并没有猜测到对方此行的真正目的及其超常能力。三国君的此行目的，远远超出大曾根龙次的估计，似乎有其他更重要的使命。

令大曾根龙次心惊胆战的时刻来临了。他俩肩并肩地坐着，犹如一对亲密无间的好朋友，可半晌谁都没有开口说话。

不过，这样的寂静没有持续很长时间。对于做贼心虚的大曾根龙次来说，不说话比说话还要难受。

终于，他忍不住脱口问道："你是游到岛上的吧？"

"是的！我没你那么走运。你是坐着救生艇上岛，而我是挂彩流着血游到岛上的。可令我惊讶的是，那是一座无人岛。救我的那个人，是美国海军的教官。他告诉我，无人岛上还住着十多个日本兵。我被美国军官救上岸，在他的护理下终于大难不死。”

“噢，你真走运。”

“不，走运的是你。你乘坐的救生艇被水冲到岛边的沙滩上，被美国舰艇发现后立即获救了！”

“你从哪里听来的？”

“是那个美国军官告诉我的。遗憾的是，当我听到这个消息时，你已经被送回日本了。”

“听你这么说，你还真值得同情。”

“我劝那些日本兵，告诉他们外面的战争已经结束，快放下武器。终于，他们听从我的劝说向美国军队缴械投降了。”

“明白了……你那段冒险经历还真够精彩的。但我没更多时间来听你说那段经历，我实在是太忙……”

“这，我早就知道了。”

“你既然早就知道了，那就快说说你的来意。到这里来大概有什么事吧？比如，要钱什么的……”

大曾根龙次像早已看透三国君的用意那样，冷笑道。

大曾根龙次还没说完，三国君似乎同情起他来，可目光盯着对方的脸说：“大曾根君，你是想出钱买回那颗子弹？”

“是的！子弹如果在你的口袋里，那就请拿出来，别不好意思。”

“我好不容易得到那颗子弹，怎么可以随便出手？不行！”

“什么，你无视我的好意？”

“这颗子弹可是送你蹲大牢的重要证据，不能轻易交给你。”

“哈哈哈……三国君，你要是头脑稍稍灵活一点儿……咳，也不能怪你没见过世面，脑瓜子那么迟钝死板。是啊，你充其量不过是个小客船上的海员嘛……”

“你说得一点儿不错，我是在香港被那条船雇用的新海员。”

“是啊，我既没见过也没用手触及过那颗子弹，你有什么证据一定说是我的子弹？”

大曾根龙次又得意地笑了，可三国君出奇地镇定。

“大曾根兄，你太愚蠢了！你好像忘了一样重要的东西了吧……”

“什，什么……”

“你用枪打死有明博士后把尸体扔到海里，可你没把那支杀人的枪扔掉，而且还带了回来。”

“你，你连我把那支枪带回来的情况也知道？”

大曾根龙次惊诧地瞪了三国君一眼，企图拔腿开溜。

“大曾根君，你去哪里？如果是去你房间取枪，那我告诉你已经迟了。因为，你的那支枪早已在我的事务所里……保管人嘛，当然是我啰。”

“你，你是什么时候把那支枪……”

“那不是我干的，是你雇用的家庭教师小岛君交到我事务所的。”

“哼！这小兔崽子原来是你派来的特务！”

“其实，小岛君的真名叫小林芳雄，是我的高级助手。”

“他叫小林？那他好像是……”

“是的！你如果看过报纸，应该记得曾经有一支活跃在东京大街小巷的少年侦探团……你没想到吧，你雇用的小岛君居然是侦探英雄小林芳雄？啊哈哈哈……”

“照这么说，你，你……”

“我是明智小五郎！小林芳雄是我的学生！”

“日本第一大侦探，原来是你……”

大曾根龙次不禁哑然失色，拳头握得咯咯直响。

翻脸不认

“怎么可能？那个大名鼎鼎的侦探明智小五郎，怎么会是都丸号客船在香港雇用的船员？我不信，我不信，我是不会上当的！”

完全失态的大曾根龙次，忽然涨红着脸像孩童那样叫嚷。

“是啊，我突然以明智小五郎身份出现，你难以接受这一事实也是情有可原的。可我确实是明智小五郎，信不信由你，我没必要像你那样叫嚷。当然，我得说说经过。说来话长。我是受警视厅中村警长委托，为侦查一起走私凶杀案去了香港。

“都丸号客船上，由于某船员与那起走私凶杀案有关，于是，我特意化装成船员暗中监视。可后来的情况，就像你知道的那样，都丸号客船触礁遇难，我救你们上了救生艇，和你们在船上相依为命度过了整整一个星期。

“在有明博士给你那份遗书时，第六感觉告诉我，你是一个危险人物。

“要问为什么？因为，我在那艘都丸号客船上已经弄清你的真实身份。你不仅是危险人物，还是手脚不干净的家伙，哈哈哈……”

“什么，我手脚不干净？”

“是的。在都丸号客船上，你隔壁房间住着美国牧师。客船遇难的前一天晚上，你打开他的旅行箱，盗走了嵌有宝石的十字架……真没想到，一个堂堂的博士助手居然是窃贼。不用说，我已经从你的口袋里取回十字架归还了物主，制止了一起可能引起骚乱的盗窃事件。我想，你不会忘记当时情况的吧？”

“对不起……请原谅……可是，有明博士为什么对我深信不疑？直到现在，我自己也觉得不可思议。是的，我对他俯首帖耳，是因为我有远大理想。”

“是啊……你的所谓远大理想，是盯着那颗他珍藏多年的黑宝石吧？看见你们浸泡在海里，我把你的远大理想忘到了九霄云外。因为，我不能见死不救。

“当时，我想观察你的表现后再介绍自己的正式身份。因此，我是以都丸号客船的船员身份出现在你们面前的。一切果然不出我所料，你还是露出了本性。

“可我完全没想到，你居然朝救过你性命的我开枪射击。按一般常识，恶魔再怎么杀人如麻，也不可能杀害自己的恩师和救过自己的恩人……

“当时，我认为你只不过是一个窃财的小偷而已。

“大曾根君，你尽管外表道貌岸然，却是口蜜腹剑、恩将仇报的家伙。这么说吧，你的内心世界与你这张脸完全不符，简直是一个十恶不赦的恶魔……你不仅要杀我，还杀害了有明博士，甚至还想杀有明京子！”

明智小五郎的语气变得严厉起来，朝着眼前这个十恶不赦的大曾根龙次大声吼道。

可厚颜无耻的大曾根龙次居然装作全然不知的模样，假惺惺地说：“你，你说什么？我要杀害有明京子？你别血口喷人！希望你出示证据。”

“大曾根君，你到现在还装蒜！你刚才不是在寻找有明京子的尸体吗？”

“我是寻找过。我找她是因为她从那么高的屋顶掉入游泳池可能受了重伤。可没有找着，一定是你把她强行带走了。”

“你是说她被我绑架了？可怜的有明京子，中了你的圈套掉到游泳池里险些死掉，是我把她救了上来。当时，她脸色铁青，浑身颤抖。小林君担心极了，赶紧扶她上车去附近医院了！”

“浑蛋！那小兔崽子当时藏在哪里？”

“爬在水泥围墙外面的那根粗电线杆上，与我一起监视你这个恶魔。”

“什么，爬在电线杆上监视我……”

“是的，你瞧，就是使用我手上的望远镜。我们用望远镜注视着你俩当时的举动。你装模作样，引诱有明京子上屋顶溜冰，诱使她从金属网上的那个破洞飞出，掉到游泳池里。怎么样，我没有什么说错的地方吧？”明智小五郎笑嘻嘻地说。

“原来如此，你不愧是日本第一大侦探明智小五郎！居然如此关心我，真不可思议。可是，你又不是天天监视我，怎么就能一口断定我对有明京子有杀意呢？你这是胡编乱造！”

“那是有依据的……”

“请说说看……”

“因为你终于发现了那颗黑宝石藏的地方。”

“你说什么？”

“就是那颗黑宝石！它是有明博士从非洲带回来的。为了这颗黑宝石，你绞尽脑汁在这幢别墅的里里外外寻找了多年。昨天晚上，你终于在有明京子的钢琴里发现了那颗黑宝石。

“可让你觉得伤透脑筋的是，钢琴里藏黑宝石的地方有锁。而那把微型钥匙呢，是在有明京子脖子上的黄金别针里。那枚黄金别针上，镶嵌着有明京子死去的双亲肖像。

“有明京子太想念自己的父母亲了，就连进浴室洗澡也从不摘下。她那么心爱的别针，你不可能轻易从她脖子上强行取下。为此，你决定杀死有明京子。

“其实，你心里清楚，有明京子总有一天会死在你的手里。而现在呢，是杀她的最佳时机。

“可这里不是海上，容易受到警方怀疑。因此，你觉得必须采取最安全的手段让有明京子从这个世界上永远消失。

“你在思考杀人手法时，突然看见那双溜冰鞋，于是赶紧上屋顶在金属网上弄了个破洞，将它作为你的杀人工具。

“接着，你故意让耳聋老太太和家庭教师小岛上街，随后强行邀请有明京子上屋顶溜冰。”

“别说了，别说了！你不愧是大侦探。你说得完全正确，就连那颗黑宝石也被你说对了。我认输。但是，明智君，你为什么不送我去东京警视厅？或者说，你为什么不通知你的警察朋友来这里逮捕我？”

“那是因为我和你曾经在地狱般的海上一同度过漫长的一个星期，无论你多么罪恶滔天，我还不能这样把你送给警方。我觉得，你最好自己去警方自首，接受法律的严惩。”明智小五郎说。

不料大曾根龙次居然两眼泪汪汪，泣不成声地说：“明智君，你说得太让我感动了，我现在就去警方自首。”

“那太好了，大曾根君！”

“我想在自首前让你看一件东西，只需要一点点时间，请光临会客室好吗？”

“当然好啰。不管哪里我都跟你去。”

没想到大曾根龙次的邀请是个圈套，明智小五郎毫不怀疑地跟着他走进别墅。明智小五郎被邀请进入的会客室，有明博士生前使用过，是书房的一部分。

古色古香的英国式书架上排满了生物类的精装书籍，窗外装有结实的铁制防盗网。盗贼即便潜入别墅，也绝对进不了兼会客室的书房。也许是门窗长时间紧闭空气不流通的缘故，房间里散发着一股刺鼻难闻的霉味。

明智小五郎坐在扶手椅子上，环视了一眼整个房间，皱着眉头说："大曾根君，有明先生生前经常在书房里吗？坐在这里，我怎么老觉得像待在牢房里似的……"

打开房门正要去走廊的大曾根龙次，听他这么一说慌慌张张地转过脸来，说："是的。有明先生长期被一个黑影纠缠，吓得整天提心吊胆。他说，那黑影多半来自非洲大陆的摩洛哥，其目的是从他这里盗走那颗黑宝石。"

"什么，你是说摩洛哥人……"

"是的。那颗黑宝石，是有明先生从摩洛哥的一个村庄里盗来的！"

"大曾根君，你是从有明博士那里听说的吗？"

"我有确凿证据。明智先生，你可能不知道，有明京子的双亲不是死于战争，而是被摩洛哥人盯上，随后将他俩杀害的。因为，他们是有明先生的亲属。"

"大曾根君，你不会是骗我吧？"

"怎么会呢？已经到现在这时候了，我还有什么必要骗你？据说，那颗黑宝石上有奥秘。有明先生为什么要从摩洛哥人手中偷盗那颗黑宝石？好吧，我现在就让你看那把秘密钥匙。请等一下！"

五分钟，十分钟……大曾根龙次出去三十分钟了，还是不见他回来。

"这个大曾根龙次，可能又在玩弄什么花招……"

明智小五郎担心起来，如果大曾根龙次已经逃走，那一定是去了医院，以监护人名义强行带走有明京子。

"哎呀，真糟糕！都怪我说漏了嘴，他知道有明京子的所在医院。”

明智小五郎不由得着急起来，拿起桌上电话想通知在医院护理的小林芳雄。

可电话打不通。原来，大曾根龙次割断了电话线。

“糟糕！”

明智小五郎这才察觉到大曾根龙次又耍弄了自己，赶紧跑到房门那里，可门从外侧被反锁，怎么也推不开。

这时，天花板上的二楼房间传出火药爆炸声，整个建筑物晃动起来。

这情况后来才清楚：当时，大曾根龙次闯入有明京子房间，用雷管炸开钢琴上锁的地方，从那里盗走了黑宝石。

“要出去，只有把房门砸开。”

明智小五郎使出浑身力气撞门，可结实的门板并不是轻易就能撞开的。

明智小五郎花费了好长时间，弄得满头大汗才终于把门撞破。就在这时候，门外走廊上突然传来恶魔大曾根龙次的笑声：“嘿嘿嘿……明智先生，现在这时候着急已经迟了哟！黑宝石已经在我手里了，真是好不容易得来的！”

“你打算一直把我关在房间里吗？”

“是的，我还打算用火烧死你呢！瞧，汽油正在朝房间里流，要不了一会儿，房间里的地板上就会到处都是汽油。我只要一点火，房间里就会变成一片火海。哈哈哈……一想到你即将离开世界，我就伤心得直想哭……”

眨眼工夫，从明智小五郎被关的房间门缝里蹿出无数红红的火舌，黑烟也紧跟着蹿出房间，整个房间真的成了一片火海。

此刻，距离有明别墅不远的九段医院里，小林芳雄正在安慰有明京子。

忽然，一名护士跑来说有电话。小林芳雄不假思索地接电话问对方是谁，当知道是大曾根龙次打来的电话时，心里不由得紧张起来。

也许明智先生又上了这家伙的当？这时，电话里传来恶魔幸灾乐祸的通报，说明智小五郎被火困在房间里。

“啊哈哈哈……小林君，我还是叫你小岛君吧！托你的福，我认错人，干了一件蠢事。不过，黑宝石还是完好无损地到我手里了。”

“你对明智先生做什么了？”

“嗯，我告诉你吧！你的明智先生被我关在有明博士的书房里，就是那个监狱似的书房……你要是担心，就快来救他！不过，你就是乘飞机恐怕也来不及。”

“为什么？为什么？”

“我浇了汽油也点了火！书房里已经一片火海，哈哈哈……”

电话挂断了，恶魔声音停止了。突如其来的消息，使小林芳雄愣了好一阵子才缓过神来，急忙跑到病房通报了有明京子，叮嘱她别离开病房一步，随即坐上出租车走了。

当小林芳雄赶到的时候，有明别墅已经被火烧得面目全非，虽经消防人员奋力抢救，别墅还是被烈火烧塌了。众人四处搜寻，没有发现明智小五郎的尸体。

接到小林芳雄报告，迅速赶来的警视厅中村警长指挥部下搜索。可大曾根龙次早已逃之夭夭，连人影也没见着。

夜遇知音

“奇怪！如果明智小五郎被大火烧死，理应能找到他的尸体……”

中村警长带领警官们在有明别墅的残垣断壁里反复搜寻，还是找不着明智小五郎的尸体。

“也许别墅里的许多实验用的药物爆炸后把明智小五郎的身体炸飞了？”

寻找明智小五郎下落的搜索行动，不得不暂时搁一边。

“明智先生不可能被火烧死，一定是安全逃离后隐藏在某个地方……”

小林芳雄说什么也不信明智小五郎被火烧死的说法。

“要不了多久，明智先生肯定会抓住大曾根龙次胜利返回！”

小林芳雄坚信明智小五郎总有一天会回来，召集少年侦探团的所有团员开会，让他们协助警方打探大曾根龙次的行踪。

时间飞快，转眼六月来临。不知不觉地，搜索大曾根龙次踪影的行动已经过去两个多月了，可还是没有关于他的线索。

东京和大阪等主要城市都没有他的踪影。明智小五郎也许真的被火烧死了，至今也同样没有任何消息。

六月的一个星期天晚上起了大雾，东京所有建筑物仿佛被茫茫烟雾笼罩，让人不可思议。

百货公司屋顶上的黑色大钟，时针正指向凌晨两点。

深夜里的银座，尽管白天熙熙攘攘，可此刻没一个行人，像墓地那样寂静、凄凉。

所有商店都降下了卷帘门，给人沉闷的感觉。比起商店，银行大门显得更昏暗，仿佛里面藏着死神。

这时，有一个怪老人摇摇晃晃地在银行门前经过。他身穿布满褶子的旧西服，腋下夹着保险公司推销员专用的茶色皮包。

怪老人脚下发出噔噔噔的皮鞋声，背弓得像背着什么大包袱似的，正要从黑暗的大门前经过。这时，从黑暗里传来喊叫声："大爷，大爷。"

听到喊声，怪老人止步转过脸来。

"咦，是叫我吗？什么事？"

怪老人一身保险公司推销员打扮，说话的语气很傲慢。

"大爷，你声音能不能轻一点儿？"

一个身着破衣烂衫、约十五六岁的少年走到怪老人身边。

“你让我轻一点儿……哈哈……对不起，因为我耳聋，所以说话时不知不觉的声音就变响了……你要我小声说话，是不是要我做什么……”

老人讨厌地瞪了他一眼。

“我可不是向你要钱的，是告诉你一件有趣的事情！”

“什么有趣的事……我又不是你们那样的孩子！对我这样岁数的人，有什么可说的？你去告诉别人吧！”

老人扑哧笑了，又噔噔噔地走了。

“大爷，大爷，也许是上年纪的缘故，反而更像我们孩子。大爷，你不就是那个十堂先生吗？那个百万富翁……”

小伙子亲昵地跑到老人身边，紧贴着老人耳朵大声说道。

“什么，你怎么知道我叫十堂？”

像这种场合，冷不防被流浪儿直呼自己姓名，老人不由得停下脚步，用怀疑的目光打量他的脸。

“其实，我早就知道你叫十堂。大爷，我想告诉你一件有趣的事情。”

“是吗？你受谁指使？”

“嗯……”

“是谁？”

“不能说！这是规矩。说出去我会遭殃的。”

“噢，看来指使你的是一个坏家伙。”

“不过，他说定了的事情是绝对不会反悔的，很讲信用。如果我带大爷去他的事务所，他会奖励我。”

“那是什么样的事务所？”

十堂老人半开玩笑地问道，打算静下心来听听。只见小伙子像蝙蝠那样附在老人耳边，轻声说了一件足以让怪老人浑身颤抖的事。

果然，十堂老人惊讶得险些跳起来。

“什么，你说什么？你说那是绑架事务所……喂！到底干什么的？”十堂老人像怀疑自己耳朵听错那样问道。

“对，是绑架事务所！专门接受绑架业务！”

小伙子笑嘻嘻地带着怪老人走进一条狭窄的巷子。

“嗯，过去我听说过绑架事务所，可现在这社会不可能有那样的事务所，一定是你瞎编的故事吧……”

十堂老人根本不信有那事，笑着说。不过，他还是想看个究竟，边说边跟着小伙子走进光线昏暗的巷子里。

“大爷那样认为也不是没道理，可我说的没一句假话，我会让你看证据的……大爷，今天日报上的大标题你看了吗？某银行分行长的儿子去幼儿园，已经一星期没回家了……大爷，这孩子不会回去了！就连警察也不抱希望。”

“为什么？”

“我们事务所接受的绑架业务，都干得非常利索，不留尾巴。”小伙子骄傲地挺起胸脯。

“嘿嘿嘿……能干得那么顺利吗？绑架这玩意儿，通常失败的很多。最近，不是发生过一起绑架事件吗？可没过多久，绑匪被警方逮捕了……”

“那跟我们事务所承接业务的宗旨不一样，那男子是为钱财绑架的。”

“当然是为钱绑架！哪有不为钱财绑架别人的？绑匪都是想从孩子父母那里得到巨额赎金。尽管知道危险，还是铤而走险。”

“可也不都是为钱！比如有的人与孩子父亲结仇，为出口气委托我们绑架。”

“有这事！也许有那样的人……”

十堂老人觉得小伙子不是胡说。确实，有些歹徒因与他人有仇绑架其孩子。

看来，这小伙子不是为钱，可能与我有什么仇。

想到这里，十堂老人很想从中找到真正原因。

“大爷，还有其他理由委托我们的。”

“什么，你是说还有其他委托你们绑架的理由？”

“是的。另外，大爷你如果委托我们绑架什么人，绝对不会被人发现。”

“什么，你以为我会委托你们绑架人？”

十堂老人惊愕地扫视周围。此刻，他已经不知不觉地跟着小伙子穿过光线昏暗的小巷子，伫立在银座后身的小路上那幢被炸毁的大楼前面。

“大爷，在这里交谈，不必担心被人听见。”

小伙子笑着说道，似乎非常老练。

“哦，我可没有什么担心被人听见的事情哟！”

“是吗……大爷不是希望有人绑架真由美小姐吗？”

“你，你说什么？你知道我家真由美？”

“我们事务所所长是办事十分仔细的人，在没有彻底弄清委托人真实的绑架意图之前，不接见任何委托人。”

“原来是这么回事。我如果是坏人，也许会立刻把你送到警察那里！”

“哈哈哈……大爷还担心我们绑架事务所？你好像还有忧虑？”

“我如果没有这种程度的小心谨慎，会委托你们杀人吗？嘻嘻嘻……”

“大爷，你还是不明白，我们事务所只接受绑架业务，绝对不杀人。”

“绑架这玩意儿，就是再小心也会被发现的。为了永久不被发现，只有杀了被绑架的孩子。”

“你这说法大错特错。杀人不是轻易能办到的！一旦被发现，我们都没命了。”

“那么，你是说把被绑架的人卖到很远的地方？”

“这样做，更容易被人发现。”

“那，该怎么办呢？”

“带到大暗室去！”

“你，你说什么？”

“是带到没有光线的大房间。”

“什么，你是说很暗很暗的地方？”

“是的。有那样的大暗室国……我们所长就是那大暗室国的元首……”

“哦……哦……我以前也听说过。在非常遥远的大山里，有一个十分隐蔽的村庄。大山外面的人根本就进不了那里，虽说那里也在日本国内，可日本法律在那里不管用……你说的大暗室国就是那村庄吧？”

“嗯，有点儿像！”

“肯定是那里！如果确实把绑架来的孩子送到那里，警察再有能耐也是白搭。哦，原来是这样，你们事务所所长真是聪明绝顶！嘿嘿嘿……”

“大爷好像终于明白了！”

“我想拜见你们的事务所所长。”

“是今晚吗？”

“今晚……”

“最好快一点儿！像绑架之类的委托，宜早不宜迟。”

“你们绑架事务所距离这里很远吗？”

“哦，我不清楚。”

“什么，你不是那家事务所的业务员吗？”

“我是业务员，可我不曾去过事务所。”

“这么说，你是无法带我去事务所吗？这就难办了。”

“根本就不难办。”

话音刚落，只见小伙子从口袋里取出打火机，打着火后朝周围转了两三次，好像发什么暗号。

刹那间，一辆没有亮灯的黑色轿车溜冰似的驶来，在他俩面前停下。

“这车上司机会带你去事务所的。”

小伙子朝十堂老人背后轻轻推了一下。这时车门开了，跳下身穿黑色西服的男子。

“请，请上车，我带你去事务所。”

十堂老人还没缓过神来已经被拉上车，紧接着车像射出的箭一般奔驰起来。

“对不起，我要蒙上你的眼睛。”

坐在十堂老人边上的男子出于业务需要，用黑布蒙住了老人的眼睛。

奇怪交易

十堂老人无法知道，载着他的轿车一路经过哪些道路。

轿车时而右转，时而左转。沿着寂静的街道刚走了一会儿，迎面驶来一辆拉着警笛的警车，与这辆车擦肩而过后朝着繁华街道驶去。

奇怪，为什么要连续转弯？

一切就像十堂老人估计的那样，车不停地改变方向，大约走了三十分钟后忽然停在一幢楼房跟前。

“好了，这里就是我们事务所，请下车吧！”

坐在旁边的男子像机器人那样说话，态度生硬，伸出手牵着老人的手。

十堂老人被牵着手下车后，眼睛上的黑布还是没有解除，沿石台阶朝上走了四五步，走进那幢楼房里。

十堂老人像瞎子似的被牵着来到走廊，先沿着狭长的走廊走了好一会儿，再沿着很长的楼梯朝上走，接着又沿狭长走廊朝前走。

又是上楼梯，又是经过走廊，又是下楼梯，又是上楼梯……就在晕头转向再也无法估计接下来是上还是下的时候，终于到达了目的地。

“接下来我不能朝里走了。你自己穿过房门笔直朝里走，就可到达事务所接待室。请你一个人进去吧！”

男子还是用机器人说话的腔调解释，随后解除蒙在十堂老人眼睛上的黑布，把十堂老人一把推到房间里关上房门。刹那间，门外侧传来上锁的声音。

被推得差点儿倒在地上的十堂老人大叫起来。这里根本就不是房间，而是狭长的走廊，没有灯光，周围暗得像挖煤的巷道，虽说被摘下了蒙眼布，可眼睛还没有习惯房间里的黑暗；背后的门被锁上了，显然是不可能逃脱的。

“眼下，只有一直朝前走了……”

十堂老人迈开脚步朝里走去。

他不仅放高利贷，还钻过法律空子干过坏事，怎么说也不是一个弱者。

他一边在黑暗里走，一边猛然想起古时候善光寺的地下受戒坛。

沿着没有光线的走廊朝前走，可以自然而然地到达有光线的出口。现在沿这条走廊朝前走，无疑也能到达接待室。

十堂老人这样想着，伸出右手摸一摸墙壁，是冰冷的混凝土墙。

他若有所思地点点头，右手摸着墙慢吞吞地朝前走。可刚走了十来步，额头碰上迎面的墙壁。原来，这里是走廊尽头。

“奇怪！这可能吗？”

十堂老人一边琢磨一边摸挡住去路的墙，结果摸到一扇门。

“哈哈哈……门那边肯定是刚才那男子说的接待室。”

他试着敲一下门。随着吱的响声，门朝里开了，门缝里泄漏出微弱的灯光。

他朝里跨一步后环视周围，这是三十平方米左右的空房间，地上没有榻榻米，也没有桌子和椅子，四周是混凝土墙壁，像牢房。

四周墙上连一扇小窗也没有，唯有天花板上挂着一盏沾满灰尘的电灯，没有灯罩，照得四周的墙和地面成了橘黄色。

“奇怪！这大概不是接待室，隔壁可能还有房间。”

正当十堂老人自言自语的时候，不知从哪里传来金属摩擦声。他惊讶地环顾一下周围，发现门背后陈列着银光闪烁、做工精致的欧洲武士盔甲。

“噢，刚才也许是盔甲发出的响声？可这里根本没风，作为装饰摆件的盔甲不可能发出响声。真奇怪……”

他边揣摩边走到盔甲旁边，用手指触及冰冷的金属片。

“嗯，这么脏的房间里装饰这么考究的盔甲，太浪费！像这套盔甲，就是再便宜也值三十万日元……”

在估价方面，十堂老人非常内行。眼下，他完全被盔甲吸引住了，朝后退了两步，重新戴上老花眼镜仔细打量起来。

这时，也不知何故，盔甲发出咕咚咕咚的声音，仿佛被一种看不见的绳索拽着朝十堂老人那里移动。

他愣住了，定睛打量，盔甲并没有晃动。他觉得奇怪，再朝后退一步打量，察觉银光闪烁的盔甲朝他紧逼而来。

他赶紧停住脚步，只见盔甲又不动了。当再次移动脚步时，盔甲又像独眼狼那样移动脚步。

他紧张得脸色苍白，心想可能是精神恍惚所致。他越思索越觉得恐怖，真想哇地大叫一声逃走。

忽然，盔甲发出令人毛骨悚然的笑声。

“嘿嘿嘿……”

顿时，十堂老人吓得龟缩在地板上。想逃走，可两条麻木的腿就是不听使唤。

“失敬，失敬，让贵客受惊，真对不起。其实，我既不是妖怪也不是魔鬼，而是事务所所长。请问，你是十堂君吧？”

从盔甲里传出年轻人的说话声。事务所所长躲藏在盔甲里，多半是防止万一。瞧！盔甲腰间还挂有长剑，多半是应付非常情况的发生。

十堂老人魂飞魄散地跪在银色盔甲跟前，深深地倒吸了一口气，抬起头望了一眼盔甲上反光的铁脸部位。

“你想委托我们绑架真由美吧？”

“你好像清楚真由美的情况……贵所真能绑架她吗？”

十堂老人脸上的表情半信半疑，战战兢兢地问道。

“这世界上，就没有我们办不到的事情。请允许我向你问一下原因，让我们绑架真由美，是你跟她之间有什么怨仇还是为了钱？”

十堂老人双手撑在地上，悲伤地说：“我不是为钱请你们绑架真由美，而是跟她有深仇大恨……”

“是仇恨……”

“是的。她年龄虽小，却像恶魔！”

“那么可怕的姑娘，你为什么要把她留在家里抚养到现在？”

“因为她可怜。”

“噢。”

“她没有双亲。”

“没有双亲也好办，放到孤儿院里不就行了？”

“是啊，如果跟她无缘，我早就把她送到孤儿院了。棘手的是，她的父亲是我远房亲戚的养子。也就是说，她……”

“明白了！你是她的亲戚？”

“哦，说简单点儿，就是这样的关系。遗憾的是，我因为这样的原因才把她接到我家抚养到今天。”

“那……”

“这姑娘忘了我的大恩，居然想要我的命，无时无刻不在寻找下手的机会。”

“十堂君，那姑娘可能还是小学生吧？那么小的女孩子为什么要对你下手呢？”

“是想要我的财产！遗憾的是，我没有太太，也没有子女，那姑娘也就自然而然地成了我的财产继承人。”

“是吗？你真可怜。”

“我的财产不是不劳而获，是完全靠自己白手起家一点儿一点儿积攒起来的。几十年来，省吃俭用，不分昼夜地工作，把这些辛苦积攒起来的钱传给那姑娘，我死也不能瞑目。现在，趁真由美还没把我当猫毒死之前，希望有人赶快把她绑架走。其实，我这愿望也是在情理之中，也是不得已……”

十堂老人后悔极了，身体颤抖着，脸上老泪纵横。突然，盔甲狂笑起来：“啊哈哈哈……十堂君，你居然在我面前演戏，哈哈哈……”

“你，你说什么……说我演戏？”

“是的，我讨厌接受撒谎人的委托。”

“那姑娘要对我……”

“知道，知道，你回去吧！我不想再问你了，快回去吧！”

“那，你接受我的委托……”

“我拒绝你这个撒谎人的委托。你要知道，干我们这一行的，是把脑袋系在裤腰上的。你的愿望和理由必须原原本本地告诉我，才能让我们尽心尽职地满足客人委托。如果是什么阴谋，我既不会惊讶也不会说出去。”

“……”

“你可不是真由美说杀就能杀得了的愚蠢老人！大概是你想杀真由美吧？因为，这关系到价值几亿的巨额财产。哈哈……怎么，我没说错吧？”

“我不明白你说的是什么意思……”

“哈哈哈……你还打算隐瞒？我告诉你吧，十堂君，真由美的祖上在某地藏有上百万两金币，你是想抢占那笔财产。”

“什么，你连那也清楚？”

十堂老人被高深莫测的怪所长吓得目瞪口呆。

“不用说，我早就知道百万两金币的事情，特地把你请到这里……你也早就有这打算，让我绑架真由美后你就可以独吞那笔财产。”

“……”

“真由美的祖上伊贺屋，在明治维新骚乱时期担心失去财产，悄悄地把那笔百万两金币藏了起来，打算等到骚乱平息后取出。

“可伊贺屋没有等到取出金币那天就一命呜呼了，只留下表示金币所藏地方的暗号图。

“遗憾的是，他的后代没一个能解开暗号的。等到伊贺屋重孙子星野清五郎继承那张暗号图的时候，还没等到解开暗号也命归黄泉了。

“你现在收养的姑娘，就是星野清五郎的女儿。你收养她的目的，就是想得到那张暗号图吧？怎么样，我说错了吗……”

十堂老人哑口无言，死人般的脸上，肌肉不停地抽搐。

“是我不对，是我不对。我是希望得到百万两金币而打算让真由美从这个世界永远消失的！”

“照这么说，你想解开暗号图？”

“不，我还没有那样的能力……”

“别隐瞒！既然来这里委托我，说明你已经解开那暗号。是啊，到时候费了九牛二虎之力挖出百万金币，可继承人真由美还在，再怎么你还得分一半给她。你只想一人独吞，因此她的存在也就成了你的眼中钉，是吧？”

“你如果愿意接受我的委托，我不管多少钱都可以给你。”

“那好，我接受你的委托！”

“那，是真的吗……”

“你这人真啰唆！既然你公开了心中的秘密，我当然乐意接受你的委托。这里是测试委托人的房间。现在，我请你进我的办公室制订计划。”

盔甲怪人的话还没有说完，鼠灰色墙上的一部分吱吱吱地移开了，转眼间出现了出入口，从那里跳出一个侏儒来。

侏儒身穿鲜红的丝绒服装，蹦蹦跳跳地跑到盔甲怪人跟前，像拜见国王那样鞠了一个九十度的躬。

“把客人带到我的办公室去！”

按照盔甲怪的命令，侏儒转过身朝着十堂老人，像小演员那样做了一个“请”的动作。

侏儒走在前面引路，带着十堂老人来到令人眼花缭乱的红色房间。房间里，所有家具都是红色的，桌子、椅子、书架，还有墙上镜子的边框也都是红色。

“请坐这里！”

侏儒请十堂老人坐在红色扶手椅子上。

“别客气，请坐！”

盔甲怪人一再邀请，十堂老人这才提心吊胆地坐下。椅子座垫软绵绵的，整个身体几乎陷入椅子底部。

这时，盔甲怪人让侏儒帮助自己脱去身上的盔甲，露出真实面目。

啊，这么年轻？！满脸镇定自若的神情。十堂老人见坐在对面的怪所长只有三十岁左右，完全放心了。

“你打算用什么方法绑架真由美？”

十堂老人再也忍不住了，脱口问道。他觉得，怪所长年纪轻轻，办事靠不住。可怪所长根本不在乎十堂老人的轻蔑口气，只是微微笑着说：“我打算化装成你的模样混入你家。”

“你能做到吗？”

“当然能做到。你就看我的吧！”

紧盯着十堂老人的怪所长，看着看着，也变成了十堂老人。

还没过五分钟，红房间里出现了两个极其相似的老人，面对面地坐着。

“还真像我！”

十堂老人禁不住嘿嘿笑了，觉得与自己确实相似。可转眼间，脸上的笑容不翼而飞了。

如果真由美被绑架，这家伙也许会在价格上提出无理要求。到那时候，我无法拒绝。还是趁现在赶紧把成交价格讲清楚，免得日后扯不清。

“哦，我有一件事想先说一下。所长，就是委托绑架费用的事，请明确地说一说价格！”十堂老人内心十分紧张，哆哆嗦嗦地问道。

“可能要稍稍贵一点儿！”对方回答。

“贵多少？介绍人小伙子说，不管委托什么，一万日币就够了。”

望着十堂老人瞠目结舌的表情，怪所长说了一句莫名其妙的话：“绑架真由美的条件，我们想要你的命！”

“嘿！你……你说什么？”

十堂老人的喊叫声由强渐弱，瞬间消失了。他坐的那把高级椅子也许装有机关，靠背部位似乎装有弹簧，啪的一声朝前倒下。

与此同时，屁股下面的坐垫部位咣当一声落下。刹那间，整个身体像虾子那样弯曲，嵌入椅子，两条腿朝上翘起。

“啊哈哈哈……这就是我的条件。”

“喂，你这个浑蛋！不管要多少钱，我都给你，希望你放我出去！”

十堂老人深深陷在箱子形状的扶手椅子里，拼命挣扎。

“你这个利令智昏的家伙！在绑架真由美之前，你就是我的观赏物！裹住你的这把椅子就是一座岛，一个恶魔国。我还要让你多多体验体验接下来足以让你魂不附体的变化。嘿嘿嘿……”

绑架事务所的怪所长拾起十堂老人滚落在地上的皮包，夹在腋下，迈着和他一模一样的脚步，大摇大摆地走出了房间。

真假十堂

这时，在代代木树林深处的十堂别墅里，真由美正独自一人等待着十堂老人回家。

墙上挂钟敲了三下，已是凌晨三点，可还是不见十堂老人回来。

“奇怪，平常就是再迟，十二点前必定到家。唯独今晚连电话也没打回家，一定是发生什么情况了……无论他身体怎么结实，毕竟是上年纪的老人了，莫非被车撞了？”

心地善良的真由美一直在为十堂老人迟迟不归而担心。

狭小的房间还不到十平方米，地上铺的是旧榻榻米，看似女用人住的房间。小桌子和书箱摆得满满的，加上薄薄被子铺在地上，已经没有可以坐的地方了。

真由美小姐坐在被子上，由于要等十堂爷爷回来才能入睡，便聚精会神地阅读起从同学那里借来的小说《福尔摩斯大侦探》。

“再过三十分钟不回来，只有打电话向警方求助了。”

就在真由美这么决定的时候，门铃剧烈地响了。

“啊，一定是爷爷回来了！咦，这门铃怎么跟平时按得不一样啊？”

尽管满腹狐疑，可真由美还是一骨碌从地铺上爬起，打开电灯穿上拖鞋朝大门走去。

“是谁？”

为慎重起见，她开门前站在院子里问道。

“是我，快开门，快，快……”

十堂老人慌张的声音，让真由美吓了一跳。

“咦，怎么啦？”

“有一个怪物在背后跟踪我，为甩掉他，我用去很多时间。好了，快把门关上。这家伙可能还在后面，真吓死我了……”

真由美边关门边悄悄地环视一眼周围，可并没有见到什么怪影子。

“大概是爷爷的心理作用。不是什么也没有吗？”

“怎么会是心理作用？我被一个坏蛋跟踪了……你知道吗，有人嗅出我们准备出门寻找宝物。最近，报上不是经常刊登怪人二十面相的报道吗？可能就是那家伙跟踪我。”

十堂老人嘀咕着，提心吊胆地走进玄关。真由美关上玄关门，跟在老人身后沿黑暗的走廊走去。

他俩沿着两侧是玻璃窗的长走廊，朝最里面的榻榻米房间走着。就在这时候，走在前面的十堂老人猛地停住脚步，瞪大眼睛盯着窗外。

“爷爷，你又怎么啦……”

真由美看见老人盯着窗外院子，满脸不可思议的表情。

十堂老人注视着的，是窗外昏暗院子里的树林。没有风，而那一带草丛却在晃动，还发出“沙沙沙”的响声。

是野犬吧？这一带有许多野犬，所以……

真由美也注视起草丛来，少顷从那里浮现出一个比黑夜还黑的东西。

是人，但那样的身材特殊而罕见。十二三岁的孩子的体形，肩上扛着的是大人脑袋。一对眼眸像黑暗里的萤火虫那样，射出的目光发蓝而锐利。

真由美不由得“啊”地叫嚷着扑向老人怀里。

“开灯，快打开所有的灯！”十堂老人推开真由美嚷道。

“对，如果像白天那样亮，怪物也许会抱头鼠窜？”

真由美忘了害怕，打开了所有的电灯。

“太好了，那怪物吓得逃到围墙外面去了！这下可以放心了！那家伙也许不会再来了。真由美，已经很晚了，你快回房间睡吧！”

刚才还是惊恐万状的十堂老人，见侏儒逃离院子，开始觉得真由美在身边是多余的。

爷爷今天晚上怎么与往日不同？

善良的真由美心里边琢磨边朝自己房间走去，一头钻进被窝里打算美美地睡上一觉。可不知何故，尽管很想睡，却翻来覆去怎么也睡不着。

十堂老人今晚的奇怪举止和刚才出现在院子里的侏儒，不停地在她眼前交替晃动。

这一带还留有武藏野树林的痕迹，树木多而茂密。一到晚上，猫头鹰的尖叫声便从院子里传入房间。现在，猫头鹰又在窗外寂寞地叫唤起来。

啊，如果爸爸和妈妈还活着，我就不会这么孤单了……

就在真由美偷偷擦去眼泪的时候，忽然传来“咣当”的奇怪响声。仔细听，又传来“咣当”的响声，好像就在附近。

“咦，那是什么声音？可能是老鼠在厨房里嬉闹？”

不对！厨房里并没放有老鼠爱吃的东西。

就在真由美还没想明白究竟是怎么回事时，响声消失了。取而代之的，是窸窸窣窣轻轻的脚步声。脚步声，来自真由美卧室外面的走廊上。

真由美惊呆了。难道是刚才那个侏儒回来了？

侧耳倾听，脚步声沿长走廊右转，渐渐远去。

“啊，一定是去爷爷书房偷什么东西！”

沿走廊右转的地方是十堂老人的书房。老人称其为书房，其实那里面根本就没一本书，只有几本账册和一个大保险柜。想到这里，真由美全身的神经顿时紧张起来。

“糟啦！”

保险柜里，放有真由美视如珍宝的暗号图。如果被侏儒盗走，祖上留下的百万两金币将不翼而飞。

“不好！赶紧喊醒爷爷抓侏儒……”

真由美极力克制着恐惧的心理，钻出被窝，踮起脚尖来到走廊上。

她沿着黑暗的走廊刚右转，双腿便不由得哆嗦起来。房间里确实有人。从门缝投射在走廊上的灯光时有时无。看来，侏儒一定在翻箱倒柜。

“他要干什么？”

真由美尽力不让自己弄出响声，像猫那样沿走廊朝门靠近。离门越来越近时，房间里转来转去的脚步声越来越响。

“果然……”

真由美从门锁孔里窥视房间。

“啊……”她险些叫出声来。低着脑袋陷入沉思的人居然是十堂老人。

“爷爷这么晚了还不睡？他在干什么呀……”

这样想着便轻轻推开房门正要朝里走的真由美，猛地闭上嘴站在门口愣住了。龟缩着陷入沉思的十堂老人，酷似拾荒者，他突然站起身朝大保险柜那里走去。

如果只是那样的动作，真由美并不会吃惊。令她震惊的是，十堂老人怎么也打不开保险柜门。平日里，十堂老人可以轻松自如地开启和关闭保险柜的呀！

一阵煞费苦心的摆弄后，十堂老人还是没有打开保险柜的锁。于是，他干脆从西服口袋里取出小笔记簿，找到保险柜密码后继续转动数盘，费了好长时间才打开。

“奇怪，爷爷怎么忘了保险柜密码呢……莫非被坏人跟踪吓得神魂颠倒……”

真由美脑子里产生疑惑。接着，十堂老人的行动更奇怪了，居然从保险柜里取出装有暗号图的信封，将它放入西服口袋里。

“咦，爷爷打算把暗号图拿到哪里去……啊，是啊，爷爷一定是觉得侏儒可能是前来盗窃的，于是抢在前面放在自己口袋里？”

怀疑十堂老人的真由美，立刻否定了自己的想法。

“万一说漏了嘴，没准会遭爷爷的骂！”

想到这里，真由美随即离开门口，像来时那样悄悄地返回自己房间。

第二天早晨天已经大亮，累得筋疲力尽的真由美仍在蒙头呼呼大睡。

“哎呀，糟啦！真由美，快起床！”

十堂老人慌慌张张的叫喊声，把真由美从梦中惊醒。

“爷爷，爷爷，你怎么啦……”

真由美赶紧穿上衣服，走进十堂老人书房里。

“真由美，出事啦……那装有暗号图的信封被盗走了！”他带着颤抖的声音说道。

咦，那怎么可能！昨天晚上，爷爷不是把装有暗号图的信封放在自己口袋里了吗？也许他一时紧张而健忘了？

真由美险些笑着说出昨晚目睹的那一幕，否则情况会急转直下。幸亏十堂老人先开口了，也就两三秒钟的时间差。

“真由美，你念一下！是那个家伙！怪人二十面相盗走了暗号图。”十堂老人边说边把一张纸条递到真由美面前。

“怎么，怪人二十面相……”

半信半疑的真由美接过纸条念了起来，上面果然有这么一句话：

收　条

对不起，我拿走了百万两金币埋藏处的暗号图。

二十面相

收条上的字是用粗钢笔写的，字迹十分潦草。

“真由美，快打电话报警！就说怪人二十面相昨晚潜入我们家盗走了重要文件。明白了吗？”

十堂老人就说了这么一句，接着像断了发条的木偶那样瘫软在地上。

第二天下午，真由美在好朋友美香子的劝说下，拜访了茶水车站附近的明智侦探事务所，见到了侦探助手小林芳雄。

自从“有明京子事件”发生后，明智小五郎至今下落不明。打那以后，他的助手小林芳雄与明智小五郎的夫人一起维持侦探事务所的业务活动。

“哼，那个十堂老人肯定是假冒的！”

小林芳雄双手交叉在胸前，听完真由美叙述昨晚发生的不可思议的事情后，笑着断言。

“照这么说，怪人二十面相化装成十堂爷爷于昨晚来到我家了……”

“嗯，多半是那样的。真正的十堂爷爷肯定被关押在什么地方，或者说已经被杀害了。”

“啊，被杀害了……”

真由美害怕得全身直哆嗦。

“可是，奇怪呀！怪人二十面相盗走暗号图后，为什么不从你家里逃走呢？”

“我家里，一定还有他想盗走的东西！十堂爷爷非常有钱……”

“趁他还没逃走，赶紧让警察抓他。”

美香子在一旁插话，小林芳雄摇摇头。

“那样的话，暗号图就回不来了！十堂爷爷被监禁后，二十面相一定会指使侏儒杀了十堂爷爷！我们不能去冒那样的险，还是商定一个安全的办法……”

小林芳雄忽然笑着附在真由美的耳边，悄悄地说了起来。

“哦……”

真由美吃惊地望着小林芳雄。那么，小林芳雄究竟想出了什么计策？

智慧较量

那天傍晚过后，真由美回到十堂别墅。

“咦，怎么这么晚回家呀！就是星期日，女孩子也不能在外面玩到这么晚，太危险了！”十堂老人坐在书房里一边做外出旅行准备，一边隔着眼镜玻璃打量真由美。

“对不起。”

真由美低着脑袋站在房间角落，一副垂头丧气的表情。十堂老人见状，突然变得温和起来：“真由美，你明天什么时候放学回家？”

“明天是学校创立纪念日，举行完仪式就放学，大约十点钟回家。”

回答的声音轻得像蚊子叫。

“啊，那太好了。明天十一点出发去松本。”

“什么，你去哪里旅行？”

“嗯，真由美，你也一起去好吗？”

“呃，我也……”

“我不带你那带谁去呀？我们是去找宝物！就是去找百万金币。”

“哦，爷爷，你知道藏金币的地方吗……”

“当然知道。我长时间废寝忘食地研究暗号图，终于解开了。”

“已经解开暗号图了？太高兴了，爷爷。”

“嗯，嗯，越高兴越好！你马上就会成为日本第一富有的小姐了！”

“要是父亲在天之灵知道，肯定也会替我们高兴的。”

“那是，那是。可爷爷现在还有伤脑筋的地方，就是怪人二十面相！这家伙头脑特别聪明，要不了多久，他就能解开暗号图。到那时，百万两金币就成他的财产了。”

“是吗？那怎么办？”

“我决定明天出门，打算赶在他前面找到百万两金币。”

“金币藏在哪里呢？”

“现在还不能告诉你！隔墙有耳，说不定侏儒就在隔壁偷听。”

十堂老人担心地窥视漆黑的院子。

第二天，真由美跟着十堂老人来到新宿车站，乘上去松本的列车。从来不乘二等车厢的吝啬老人，今天特别大方，坐在铺有洁白坐垫的二等坐席上，吧嗒吧嗒地吸着烟。

十堂爷爷大概是带我去信州大山?

真由美心里这样猜测着。列车驶过甲府停在新先车站，十堂老人催促真由美下车。

新先，是山梨县下属的一个偏僻农村车站。走出检票口的十堂老人，和真由美一起坐上出租车。

“去岛居崎。”

他对司机说。

“客人，去岛居崎干什么呀！现在去，到那里可就是晚上了哟。”

司机不解地转过脸望着十堂老人，提醒说。

“这，你就别担心了！我是研究生物学的，去采集山顶上的蛇蛋。现在是去那里最好的时候。”

“啊，照这么说，客人跟牧野富太郎博士一样都是了不起的学者？”

“我不知道自己有那么伟大，嘻嘻嘻……”

“……但是，你们回来时怎么办？”

“这你也不必担心！我与那里的猎人关系很好，今晚就住那里……”

十堂老人愉快地眺望窗外风景，身体随着车身颠簸不停地摇晃。真由美望着窗外的美丽风景，感到非常兴奋。

自生下来，她还是第一次出这样的远门。暮色来临的时候，车停在寂静的岛居崎山脚。

“太好了，这一带……”

让车停下的十堂老人递给司机一万日元，直起腰跟着真由美下车。

司机从十堂老人手中接过那么多钱，高兴得连连鞠躬后开车走了。

“怎么样，真由美，山景很美吧？在东京就见不到这样的景色……”

十堂老人撑着粗粗的拐杖，迈着与老人年纪不吻合的敏捷脚步走在头里，朝冷清的山上大步走着。

“哎呀，我累了！还很远吗……”

背着旅行包的真由美似乎真的累了，蹲在山路上。

他俩沿着这条寂静的山路已经走了近两个小时。

眼下，天空中已出现点点繁星，猫头鹰也开始叫唤。

“不很远了！”

快速走在前头的十堂老人，转过脸来看了一眼真由美，扑哧笑了。

“还要走吗？”

“嗯，没多少路了。”

“那，就在附近吧！爷爷要挖的金币……”

“宝物不在这里！”

“什么，你不是说来这里挖金币吗？”

“我来这里不是为这个。”

“什么，为别的事……”

“真由美，你仔细看我的脸……”

刚才还笑嘻嘻的老人，突然伸出手抹了一下自己的脸。于是，贴在脸上的白色假胡子被慢慢卸下，出现一张富有光泽的年轻人的脸。

“啊，你是……”

“我就是怪人二十面相！”

不知什么时候，十堂老人弓着的背已变得挺直，取下白色发套后的头发乌黑光亮。真由美见状并没有吓得大声叫唤拔腿逃跑，而是站着笑而不语。

“二十面相爷爷，你把我带到这里有什么事吗……”

“当然有，当然有。我受十堂老人的委托，带你去大暗室天国。”

“大暗室天国在哪里呀？”

“噢，你最好看一下背后，就是陡峭山崖下边的万丈深渊。”

“照这么说，你要把我从这里扔下去？”

“你还真一清二楚！”

“好不容易来到这里，我可不会让你的阴谋得逞。”

突然，真由美的声音变成男人的声音。怪人二十面相“咦”地叫了一声，仔细琢磨真由美那张脸。这时，真由美放声大笑起来：“大曾根君，你是什么时候变成怪人二十面相的？”

“什么，你这声音像小林……”

大曾根龙次吃惊地望着真由美的替身小林芳雄。

“是的，我是小林芳雄！我还真没想到，能在这地方见到宝石大盗大曾根龙次！你跟谁学的这一手，化装得还真像。”

小林芳雄笑嘻嘻的，接着撕下面具和假发套。

“啊哈哈哈……你真够意思！瞧你这高兴的模样，难道还想回东京？”

“是的。”

“嘿嘿嘿……我不仅是化装名人，还有火眼金睛，你休想在我面前蒙混过关。昨天，真由美去侦探事务所找你的情况我都一清二楚。”

“什么，你说什么……”小林芳雄的脸色顿时变了。

“你化装成真由美傍晚回到十堂别墅的时候，我已经识破你的诡计。我把你带到这里，是要你报答我前些日子让你担任家庭教师的恩情。

“怎么样，小林芳雄，我要让你知道，我二十面相的智慧远远超出你，哈哈……”

曾化装成大曾根龙次的二十面相吹胡子瞪眼，慢悠悠地朝小林芳雄走来。

“明白了！不愧是怪人二十面相！可我不是孩子，与有明京子和真由美不同，怎么可能轻易被你推入山谷？”

小林芳雄摆开迎战架势，警惕地注视着对手的举动。

“嘿嘿，就连你最崇拜的明智小五郎都被我干掉了，有明别墅也被我烧成灰了，像你这个手无缚鸡之力的浑小子，还能逃出我的手心……”

怪人二十面相猛地摊开双臂，朝小林芳雄紧逼。

这里，是远离城镇偏僻的鸟居峙。在小林芳雄的背后，是几十米深的峡谷。前面，也就是二十面相的背后，是几十米高的峭壁。

只要小林芳雄朝背后退一步，就会朝地狱般的峡谷坠落。

“小兔崽子，你既然不怕，就别逃跑！”

怪人二十面相终于摆出猛虎下山的架势，朝小林芳雄扑来。霎时，他俩扭在一起倒在地上，一个骑在上面，一个被压在下面。

片刻，骑在上面的那个被压在下面。搏斗的场面，犹如虎豹厮打。

由于年龄和体重的悬殊，小林芳雄尽管好几次骑在二十面相身上，可最终还是被压在下面。

危险！危险！小林芳雄被紧紧摁住的地方，距离断崖边仅十厘米左右，只要稍稍向下俯视，就能看见深邃的峡谷。

“啊！糟啦！”

小林芳雄不由得大声喊道，与此同时猛地使出全身力气朝二十面相背部猛蹬了一脚。刹那间，二十面相的身体朝断崖边倾斜，由于头重脚轻，随着一声惊叫，整个身体迅速倒栽葱似的朝峡谷坠落。

“糟啦！”

小林芳雄脸色苍白，他从没想过要杀死怪人二十面相。可由于刚才的蹬腿不仅奠定胜局还让自己成了“凶手”，他不由得紧张起来。

谁知怪人二十面相的命真大，整个身体被树枝挂住而停止了坠落。

俯视峡谷，是水流很急的山涧，如果掉下去必死无疑，幸亏断崖下面有一棵横着朝外生长的松树。

“喂，救命！”

传来二十面相的号叫声，距离断崖边很近。

小林芳雄吃了一惊，趴在断崖边上朝下探出脑袋俯视。

“我在这里，我在这里！快救救我……”

二十面相哭丧着脸，声嘶力竭地叫嚷。

小林芳雄打量了好一会儿，终于发现被挂在树枝上的二十面相。

“喂喂，二十面相君，受罪了吧？这是报应！”

小林芳雄想救他上来，借机嘲笑和吓唬他。

“喂，小林君，你就这样见死不救吗……如果我死了，十堂老人就会在暗室里饿死！你要救那个老家伙，就得先救我！”

没想到二十面相这种时候还如此气焰嚣张。

“大曾根君，不，二十面相君，你还不下决心悔改？那好，我走了！”小林芳雄训斥二十面相道。

“小林君，我错了，我再也不会对真由美下毒手，请把我救上去。”

二十面相开始求饶。那根挂住二十面相的树枝，发出吱吱嘎嘎的响声，眼看就要断了……

“事情到这一步都是你自己造成的，对不起，我回去了！你说的那些话我不能相信。”

如果小林芳雄真离开了，二十面相的生命也就结束了。

二十面相听小林芳雄这么说，急得拼命嚷道：“小林君，我错了！如果你救了我，我一定送还十堂老人！”

“那张暗号图呢？”

“当然也归还。那暗号图我解不开，就在我口袋里，你拿去吧！”

“什么，在你的口袋里……”顿时，小林芳雄感到困惑。

“就在这里！暗号图太重要了，我没有交给侏儒。小林君，我现处在死亡边缘上还会撒谎吗？”

“好，你要是真向我保证归还暗号图和十堂老人，我就救你。”

“当然保证……我已经知道错了，今后不再做坏事，回到东京就跟着你去警察那里自首！”

二十面相在哭着求饶，小林芳雄心软了，朝二十面相大声喊道：“喂，我现在救你上来！快抓住绳索。”

小林芳雄把绳索系在树干上，把另一头扔到断崖下。

“谢谢，谢谢，我一定记住你的大恩大德。”

二十面相抓住绳索从断崖下边爬上来，双手撑地跪在小林芳雄面前磕头，泪流满面。

鸟居崎山顶上，已经漆黑一片，连月光也没有。小林君觉得走着回去很费力，感到为难起来。

正巧这时听见了引擎声，有一辆吉普车正沿着山顶朝山脚驶去，吉普车司机是美国军人。

“对不起，我们迷路了，请把我俩送到新先车站！”

小林芳雄叫停吉普车，用流利的英语请求司机帮助。司机二话没说，送他俩到新先车站。于是，他们赶紧买车票乘上返回东京的列车。

密室绑架

小林芳雄不是警察，二十面相就是投降，也不能给他戴上手铐。

为什么没有把二十面相送到警方那里……亲爱的读者，你也许会觉得奇怪？小林芳雄如果把他送交警方，既救不出十堂老人，也抓不住侏儒。

车厢里的灯光微弱，只能勉强看清楚报纸。小林芳雄和二十面相肩并肩地坐着，俨如一对好朋友。

“二十面相君，你已经向我保证，因此那张暗号图一定还给我，由我送到真由美的手里。”

“肯定还给你！放在我这里也没用……”

二十面相把手伸到上衣袋里，窸窸窣窣……半晌没有伸出手来，接着惊愕地站起身来。

“糟啦，暗号图不在口袋里……”他大声嚷道。

“什么，不在口袋里？是不是藏在什么地方？”

小林芳雄用怀疑的眼光盯着二十面相。

二十面相在身上所有的口袋里寻找。

“奇怪，我确实放在上衣口袋里的，就是那个装有暗号图的信封。也许刚才从悬崖边坠落时从口袋里飞出去了？”

“是真的吗？”

“你还不相信我？小林君，我已经彻底认输了，难道你还觉得我藏着那张暗号图？”二十面相脸上满是忧伤的表情。

“那我就相信你一回！等一会儿我打电话给甲府警署，让他们派警察去悬崖下边的峡谷寻找……”

“肯定掉在那里了！短时间里不会有人去那里，别担心暗号图遗失。”

“嗯，多半能找到。”

那以后的大约三十分钟时间里，两个人都没吭一声，眺望着窗外瞬间消失在车尾的农家灯光。这一带不是山就是丘陵。列车不时地穿过隧道，每次穿越隧道前列车便减速。

“小林君，我去一下厕所。”二十面相突然起身，匆匆朝车尾的洗手间走去。

百倍警惕的小林芳雄立即尾随上去，站在洗手间门前等他出来。

“辛苦你了……”

二十面相跟在小林芳雄身后回到座位上，一副垂头丧气的模样。

列车拉响汽笛，可能又要穿越隧道了。咔嚓，咔嚓……剧烈的车轮声从脚下传来，随着“嘎”的一声列车驶入昏暗的隧道。

这时也许发生了什么，或许列车乘务员失职，车厢里的所有灯光瞬间全熄灭了。二等车厢里也暗得伸手不见五指。

“咦？”

五秒钟……十秒钟……一分钟过后，灯终于亮了。

车厢里，灯光亮度似乎比停电前要强烈许多。被晃得眼花缭乱的小林芳雄不停地眨着眼睛，打算朝对面座位上的二十面相说话。

不料，二十面相连人影也不见了。

“怎么，又去洗手间了？”

小林芳雄猛地站起身去洗手间寻找，可那里没有他。

“奇怪！他去哪里了？”

小林芳雄焦急起来，仔细在车厢里搜寻，还是没发现二十面相的踪影。

“那家伙多半逃走了！”

小林芳雄想到这里心跳急剧加快，返回座位后发现二十面相的座位上有一张明信片，上面有几行字，于是捡起来草草瞅了一眼。

“啊！”

这一眼，让小林芳雄几乎跳起来。

明信片上的字潦草得难以辨认，内容如下：

小林君：

你输了，获胜的还是我！你可能觉得我已经彻底向你认输了？

实话告诉你，暗号图太难得了，我还是把它带走了！不用说，十堂老人我是不会送还给你的！不仅如此，作为答谢，我还要送真由美去大暗室国。

告诉你，我决定在列车经过下一个隧道时跳车。到东京后，我俩再见面吧！这张明信片是我在洗手间写的！

谢谢你当时在外面为我站岗。真辛苦你了！

怪人二十面相

老实正直的小林芳雄念完这封信，头“嗡”的一下，全身血液似乎全涌向了脑门。他愤怒得直跺脚，咬牙切齿，挥舞着拳头嚷道：“你这个恶魔，浑蛋……居然欺骗我！”

小林芳雄悔恨交加，眼泪禁不住一个劲儿地流淌。不用说，当他发现这张明信片时二十面相已经逃走。他抓住刚才瞬间停电的机遇，跳车逃走了。

好，列车到下站时下车报警，那家伙可能还在隧道里。

小林芳雄想出这样的补救办法，可列车还需要二十五分钟时间才能到达下一站。这么长时间里，二十面相是不可能在隧道里磨磨蹭蹭等待被抓的。

“不行！现在最担心的是真由美。不赶快返回东京，真由美就会遭二十面相绑架！”

小林芳雄焦急不安起来，赶紧报告乘警二十面相逃走的消息，请他立即通知当地警署搜索铁路沿线一带，自己则继续在列车上朝新宿车站奔驰。

且说那天晚上，在东京的真由美，按小林芳雄说的，住宿在茶水车站附近的明智侦探事务所里。

“我不在你也应该放心，这里有明智夫人！你住在这里的情况只有美香子一个人知道。”

小林芳雄说完，化装成真由美后精神抖擞地出门去了十堂别墅。

可昨晚，真由美躺在床上却难以入眠。如果那个十堂爷爷不是假冒的，自己就是忘恩负义。心事重重的她，怎么也睡不着。

明智夫人文代非常善良，让真由美跟自己一起睡。

第二天早晨，小林芳雄去十堂别墅回来了。

“真由美，那家伙果然是怪人二十面相化装的！我现在跟他一起乘坐松本方向的列车，去大山里寻找你祖上藏在地下的百万两金币！”

“哦，金币究竟藏在哪里？”

“多半埋在山里！那家伙热衷于寻找，说明金币肯定埋在山里的地底下。如果找到金币，不管遇到什么危险，我也绝不会让二十面相得到半枚金币。”

“要是你受伤可就麻烦了！小林君，我看你还是别去吧！”

“那你就放心吧！我出生入死冒过无数次险，真由美小姐，你就放心地在这里一直住到我回来吧。”

小林芳雄笑嘻嘻地把明智小五郎一直使用的侦探七道具装在袋里，推开门走了。所谓侦探七道具，就是绳索、手电等等。绳索不粗，但很结实。手电体积不大，但很亮。

如果十堂老人是假的，那真的十堂老人去哪里了？会不会像童话里的恶狼故事那样，被怪人二十面相吞吃了？真由美害怕得浑身颤抖，担心小林芳雄也被恶狼般的二十面相吞吃。

吃罢晚饭，真由美走进夫人房间，听到一阵急促的电话铃声。文代夫人接过电话，脸上布满了紧张神色。

“不好，我那住在大阪的母亲病危……今晚我必须乘坐飞机去一趟家里。真由美小姐，真对不起，今天晚上不能陪你了，家也交给你了哟！”

文代夫人说完立即给航空公司打电话，预订机票后转过脸对浑身微微颤抖的真由美安慰道：“明天，小林君肯定回来。在他回来前不管遇上什么，你都不能离开这房间。明白了吗？我离开房间后，请你在门内侧锁上……”

明智夫人叮嘱了好几遍，担心真由美忘记。说完，提起行李箱匆匆走出事务所。等到载着明智夫人那辆自备车的引擎声消失时，真由美感到寂寞起来。

“现在这时候，要是二十面相闯入房间我该怎么办……”

真由美焦急得坐也不是站也不是。可能是心神不定的缘故，她觉得被黄昏笼罩的事务所里有怪物在爬行。

茶水车站附近可能是医院多的原因，一到晚上格外寂静。她觉得，明智侦探事务所周围像一望无际的大森林。

“啊，今天晚上又要睡不着觉了。”时针指向九点的时候，周围显得更加寂静，能听见的只有嘀嗒嘀嗒的钟摆声。

“哎，我干吗不叫美香子来这里一起睡呢？那样就不会冷清了。”

于是，她立即给美香子打电话。美香子是真由美的同学，也是她与小林芳雄相识的介绍人。

“是吗？文代阿姨她……好，我带弟弟坐车去你那里。”好朋友美香子爽快地答应了，真由美放心了。

“美香子住在这里，我就可放心睡大觉了。”

真由美喜不自胜，穿着睡衣从床上起来朝厨房走去，打算为深夜特地赶来的美香子姐弟俩煮一壶热乎乎的咖啡。

就在真由美在厨房里准备咖啡的时候，卧室的天花板角落发出吱吱嘎嘎的响声，随即出现一个黑乎乎的方形洞口。躲藏在天花板夹层里的家伙，似乎就等着真由美离开。

紧接着，方形孔里出现了猫那样的蓝眼珠子，朝房间里扫视。当确认房间里没人时，干脆探出整个脸。原来，这家伙正是那个侏儒。

真由美把三杯咖啡放在托盘上端回房间，可房间里的灯光不知什么时候熄灭了，黑得伸手不见五指。

“咦！怎么回事？可能是灯管坏了……”

真由美将托盘放到桌上，站在椅子上，伸长手臂取灯管。

没想到侏儒用手拽真由美脚下的椅子。

“哇！”真由美惊叫的同时，整个身体摔倒在地。

“嘿嘿嘿……”侏儒嘴里发出的奸笑声在房间里回响。

此时此刻，载着美香子姐弟俩的出租车正在爬坡，朝着茶水车站行驶。

“快开！我担心那里出事。侏儒可能会绑架真由美！”

“姐姐，你一定得了妄想症！侏儒就是变成苍蝇，也不可能飞到门窗紧闭的卧室里带走真由美呀！”

弟弟修一君是小学五年级学生，还是少年侦探团的成员。他不赞同姐姐的观点，有条有理地分析。

“可是，许多事情是无法预料的哟！侏儒是二十面相的弟子，不知道他会丧心病狂到什么程度。”

“哎，姐姐，你看那二楼窗户！”

“哎，司机叔叔，请停车！”

姐弟俩好像发现了什么，吃惊地让司机停车。

“那幢欧式住宅是明智侦探事务所吧？”

“奇怪！为什么从窗口朝外搬箱子呢？”

姐弟俩满腹狐疑。

明智侦探事务所背后朝着小路的窗前，有人正用粗绳索将一口大木箱移到窗外，朝路上慢慢下降。

窗内没有灯，看不清那家伙是什么人。但窗口下的小路上确实站着一个人，伸手接那口箱子。从外表看，是一个很有力气的男子。

“一定是小偷！姐姐，快上！”考虑到小偷万一逃跑，可以乘车追赶，于是让司机把车停在街角上等候，姐弟俩悄悄地靠近明智侦探事务所。

“喂，你在这里干什么？”修一君鼓足勇气绕到男子背后，冷不防大声问道。

“什么？”男子猛地转过脸来，见是两个少年，不由得松了一口气，吹胡子瞪眼地望着他俩。

“我们可不是什么小偷哟！受明智夫人委托，把这口大箱子从窗口吊下送到东京车站。”

“你说是明智夫人……”

刚才，真由美在电话里说了，文代阿姨因母亲病危去大阪了……可再仔细打量这男子，似乎又不像小偷。

“可是，奇怪，为什么要从窗口往下吊……”

“玄关门口太狭窄，只能从窗口往下吊！”

男子把看似很重的木箱扛在肩上，大步流星地走了。

“真由美小姐！”越发感到奇怪的美香子，大声喊道。按理说，真由美是在二楼，理应回答。可敞开的二楼玻璃窗，突然嘭的一声被关上了。

“奇怪！修一，快追上那个男子！”

听到美香子的大声喊叫，扛着箱子的男子猛然加快脚步奔跑起来。

“小偷，站住！”

姐弟俩勇敢地追上去。

距离他们前面十米的地方，也昏昏暗暗的。那里停着一辆黑色轿车，小偷正在把大箱子往车尾行李厢里塞。

“啊，小偷打算乘车逃走！”

姐弟俩赶紧返回街角坐上出租车，让司机追赶那辆贼车。

“快！追上去！”

美香子大声命令前排驾驶席上的司机。奇怪的是，司机只是双手握住方向盘没一点儿反应，像一座雕塑。

“叔叔，快开车追呀！叔叔，叔叔，你耳聋了吗？”

修一君忍不住伸出手摇晃司机身体，没想到身着毛衣的司机笔直地朝前倒下，上身伏在方向盘上，脑袋耷拉着。

“啊，他死了！”

修一君从座位上跳起来。

“是他们，肯定是他们袭击了司机！”

姐弟俩脸色铁青，面面相觑。

此刻，汽车载着盗贼和赃物溜之大吉。

“糟糕！现在就是喊别的出租车恐怕也追不上了。”

美香子使劲摇晃双臂抱在胸前的修一君大声嚷道：“快去明智侦探事务所！我担心真由美有什么不测。”

“啊，姐姐，另一个小偷可能还在二楼。”

“是的！我们必须快去救助真由美小姐！”

姐弟俩跳下车朝明智侦探事务所跑去。这时，从街角驶出一辆轿车，停在他们面前。

“咦，小林君！”

“哎，修一君和美香子小姐，你们怎么在这里？”

从车上跳下的，正是乘出租车从新宿车站赶回来的小林芳雄。

“小林君，糟啦！怪人二十面相的爪牙们，刚才从二楼窗口处卸下一口大木箱，乘车逃走了！”

“什么，大木箱……”

小林芳雄转过脸望着二楼窗户，脸色骤变。

“啊呀，糟糕！莫非他们用木箱绑架了真由美？那辆车呢？”

“沿这条下坡道逃走的。”

“你俩为什么不追呀？”

“我们是想乘出租车追的，可司机不知什么时候死了！”

“什么？司机……肯定是他们杀害的！不知真由美怎么样了，快上楼看看！”

小林芳雄对刚才载自己来的出租车司机说，这里发生了凶杀案，请他驾车去车站广场派出所报警。接着，他赶紧带上姐弟俩朝明智侦探事务所跑去。

“啊！玄关门和真由美睡觉的卧室都上着锁呢！”

小林芳雄从口袋里取出备用钥匙打开玄关锁，三步并作两步地朝真由美卧室跑去。

“真由美！真由美！”

美香子边敲真由美卧室门边喊，可屋里什么反应也没有。

“快把门打开！”

小林芳雄用钥匙打开真由美卧室门，里面没有光线。他们三个人屏住呼吸走进房间，按动墙上的开关，可天花板上的灯没有亮。

“咦！”

小林芳雄急忙按亮小手电照了一下整个房间，没有真由美的影子，也没有可疑人的影子。

“真由美肯定被绑架了！”

小林芳雄拾起真由美掉落在床上的拖鞋给姐弟俩看，红拖鞋仅剩一只。

“啊！快把房间里的灯打开！”修一君急着嚷道。

“瞧！可能是灯管坏了。”修一君骑在小林芳雄的肩膀上，检查天花板上悬挂的灯管。

“灯管没坏呀！”

修一君歪着脑袋不可思议地说。

“奇怪！也许电线被割断了？”

“如果电线被割断，所有的灯都不会亮。”

“哦，是的。但桌上的台灯是另一条线路。”

美香子听小林芳雄这么一说，赶紧拽垂挂在台灯上的拉线开关，随着啪的一声台灯亮了，整个房间被染成浅蓝色。

“瞧，那上面怎么有洞口！”

修一君大声嚷道。只见他们头顶上的天花板有个方形黑洞，原来那里的小块天花板被挪开了。

侏儒为绑架真由美，事先从洞口进入天花板夹层埋伏。

美香子姐弟俩不清楚这情况，可聪明的小林芳雄已经察觉到了，歹徒肯定是从那里事先埋伏在密室般的卧室里，等到时机成熟的时候绑架了真由美。

“我明白了！瞧，门窗都是从内侧锁上的……因此，歹徒是事先埋伏在天花板上面，再从那洞口下来，把真由美强行塞进木箱，从窗口把木箱卸到外面的路上。”

“照这么说，另一个歹徒是从这洞口逃走的？”

“嗯，多半是从天花板夹层爬到屋顶上逃走的。”

小林芳雄等到警察赶到，爬上天花板夹层调查。

果然不出所料，沾满厚厚灰尘的夹层里留下许多脚印，电灯熄灭的原因也查清了，歹徒用小刀割断了通向真由美卧室的电线。

从现场发现的那把小刀下边压着一张纸条，上面写有几行字：

小林君：

你终于领教我的厉害了吧？明智小五郎没有从门窗紧闭的房间逃脱，被大火烧成了灰烬，而我却顺利地从门窗紧闭的房间里绑架了真由美。我的部下个个是精兵强将，比你强不知多少倍。

好了，暂时就写到这里。拜拜！

怪人二十面相

不知怪人二十面相在哪里命令手下绑架真由美的，还吩咐手下将这张令人无法容忍的纸条留给小林芳雄。小林芳雄看完纸条上的内容，面红耳赤，追悔莫及。

牢里相遇

且说被绑架的真由美究竟怎样了呢?

真由美以为自己沉入深深的水底，似乎听见从水面那里传来喧闹声。

“喂！喂！”

好像有人在喊自己，一定是小林芳雄。渐渐地喊声越来越响，随着扑通一声，小林芳雄跳到水里，一边游一边不停地怒吼。

吼声又在耳边响起，比刚才更大。与此同时，一只大手紧紧抓住真由美的肩膀使劲摇晃。于是，真由美猛地睁开眼睛。

“喂，终于醒了！小姐，打起精神来，否则，我们就不好交差了……”

真由美听到男人唠唠叨叨的说话声，吓了一跳。

是他！侏儒就站在她的身边。

啊，我一定是被他绑架了！

真由美赶紧爬起来环视周围。不用说，这里不是深水区的底部，虽不清楚这里到底是什么地方，可周围没有一丝光线。

比起房间，它更像黑乎乎的洞窟。膝盖下面，是无边无际冰冷的地面。

黑暗里传来咔嚓一声，周围亮了，侏儒点燃了蜡烛。

“这是哪里……你是谁？为什么要把我带到这里？”

真由美一连问了好几遍，可身穿红丝绒服装的侏儒笑而不语。

“你问首领吧！他马上就要回来了！”侏儒就回答这么一句。

“首领？是怪人二十面相吗？”

“……”

“你们绑架了我爷爷，快告诉我，他也被关押在这里吗……你如果告诉我，我会奖励你许多金币。”真由美觉得，必须设法从侏儒嘴里打听到十堂老人的下落。

“真由美小姐，你那么想见十堂爷爷吗？”

黑暗里，猛然传来与侏儒不同的声音。听到这熟悉的声音，真由美大吃一惊。

“是我！我是怪人二十面相！”

浮现在黑暗里的那张脸，是真由美从未见过的一张年轻人的脸。尽管脸不同，可声音与十堂老人相同。

“啊，你果然化装成十堂爷爷！”

“虽说小林芳雄有侦探头脑，可你比他聪明，一眼就能认出我不是你的十堂爷爷。”

“照你这么说，小林君莫非……”

真由美十分惊讶，莫非小林君也被二十面相绑架了？

“哈哈哈……你担心小林君？他被我推到悬崖下的峡谷里死了。”

“什么……”

“别悲伤！我并不想杀你！把你带到这里是有其他事情。”

“你不会解那张暗号图！”

“这用不着你担心！你以为我解不开那张暗号图？嘿嘿嘿……我只用了一个晚上就解开了暗号图！”

“那，你为什么要绑架我？”

“我是想谢谢你！不管我多么凶狠，也有同情的眼泪。可你十堂爷爷非常吝啬，你在他眼里是累赘，他是绝对不可能把百万两金币交给你这个伊贺屋孙女的。这，我看出来了。”

“我不想听这些，希望你对十堂爷爷手下留情！”

“在我得到百万两金币之前，我是不会放你走的。我绑架你，是接受你十堂爷爷委托的。”

“你胡说！十堂爷爷不可能那样做！”

“我说的都是真话，你不信就自己问十堂爷爷吧。”

“十堂爷爷在哪里？”

“我现在就带你去……”

怪人二十面相笑嘻嘻地从侏儒手中接过那支蜡烛，沿漆黑的走廊朝前走去。

这里确实是洞窟，洞顶岩石那里不停地掉下冰冷的水珠，滴落在真由美的头上。

怪人二十面相走了大约三十分钟，猛地停下脚步说："就在这里！你仔细看一下那木箱吧！"

他一边说一边把烛光凑近正方形木箱。

"什么，在木箱里……"

真由美不由得尖叫起来。她万没想到，十堂爷爷竟然像公园里的狮子被关押在木箱里。

"你为什么要折磨我爷爷？"

心地善良的真由美此刻忘了自己同样遭受着痛苦的折磨，伏在木箱上哇地哭了。

"啊哈哈……真由美小姐，你哭什么呀？这个狠心老头是曾经想杀害你的坏家伙，还企图抢在我前面夺走你祖上留下的百万两金币。"

"胡说！胡说！十堂爷爷不是那种人！"

通常，十堂老人的心肠再狠毒，听到真由美如此善良的话语，按理应该反省甚至感动得掉泪。可他丝毫没有悔改和感谢之意，只是希望自己尽快从木箱出来。

"真由美，别信这家伙！纯粹是一派胡言！我怎么会像他说的那样抢夺你祖上留下的百万两金币呢？这家伙嘴里说的没有一句是真话。真由美，你快把我从木箱里救出来！瞧，开箱锁的钥匙就挂在他腰上。"

十堂老人犹如被关押在铁笼里的大熊，在木箱里拳打脚踢地挣扎……真由美一边摇晃木箱一边啼哭，十分怜悯十堂爷爷的遭遇。突然，怪人二十面相把端在手上的蜡烛放在地上。

“啊，你干什么？”

烛光灭了，顿时周围一片黑暗，什么也看不清了。

“哇，你居然要咬我手臂？喂，侏儒，快点亮蜡烛，快点亮蜡烛！”

听到怪人二十面相的叫唤，侏儒啪嗒啪嗒地跑过来，将点亮的蜡烛递给了他。顿时，周围又亮了。

“喂，真由美，你不识好歹，居然站在十堂老头这边……呀！快把钥匙还给我！”

怪人二十面相紧盯着真由美。此刻，真由美尽管手上拿着从二十面相腰上偷偷取来的钥匙，却站在岩石背后瑟瑟发抖。

“喂，侏儒，把真由美关押到原来的房间！”

怪人二十面相凶相毕露，恶狠狠地嚷道。其实，他从来就没把杀人当一回事。

侏儒朝真由美猛扑，吓得她晕倒在地失去知觉。

不知过了多久，真由美猛地睁开眼睛，发现自己躺在光线昏暗的地上。

“咦！我还活着……”

真由美对自己还活着感到不可思议，想坐起来，可浑身没有一丁点儿力气。更令她感到奇怪的是，自己身上被什么东西压着。

她吓得挣扎着爬起来，察觉身上被缠了好几道粗绳索，还与结实的木床捆绑在一起。手和脚被绳索绑住了，能稍稍晃动的只是右手小臂部位。

“莫非那家伙要饿死我们？”

真由美之所以这样想，是因为今天已经是被绑架到这里的第三天了，至今还没吃过一顿饭或一片面包什么的。

“也许……”

真由美饿得前胸贴后背，肚子叽里咕噜地直叫。无论怎么忍耐，肚子里的饿虫是忍耐不住的。

看来，怪人二十面相是想让真由美饿死在这大暗室里。不，不是这回事。这恶魔打算让真由美遭受更可怕的折磨。

在边长三米左右的方形洞窟里飘浮着蒙蒙亮光，也许是来自窗外的月光。真由美转过脸查看，那不是月光，是来自放在地上的灯笼里的光。

蓝色的灯笼里好像放有盘子。真由美仔细打量起来，发现盘子里有像饭团那样的东西。

真由美感到不可思议，怎么会有人给我送饭？尽管心存疑虑，可还是想把饭团往嘴里送。

她伸长手臂，当手抓住盘子里的饭团时，突然哇地大声尖叫。她抓住的不是黏糊糊的饭团，而是毛茸茸的有生命的东西。

那毛茸茸的东西在真由美手掌上乱蹦乱跳，像针刺那样咬了她一口……

真由美在喊叫的同时本能地将手缩回。原来，饭团边上有一只黑老鼠。刹那间，黑老鼠箭一般地逃走了。

“啊，是老鼠……”

真由美发现老鼠逃到了鼠洞里。片刻，黑乎乎的鼠洞口有老鼠蠕动，一只，两只，三只，四只……数不清的老鼠先后探出脑袋，朝真由美涌来。

真由美吓得大声惊叫，不停地挥手赶跑老鼠。

于是，老鼠们赶紧逃回鼠洞，可没过多久又纷纷爬出鼠洞，其中有一只像侦察兵模样的老鼠，勇敢地朝真由美靠近。

为了让老鼠们远离自己，她不停地摇晃着手，最后索性脸朝着天花板，像机器人那样挥手。

突然，她发现高高的洞顶上有东西晃动，起初还以为蝙蝠在黑暗里飞舞。可那东西再晃动时，真由美发现它似乎不是能自由行动的。

那到底是什么？

像大钟的钟摆，比一般钟摆大许多。

虽暗得无法用肉眼看清楚，但模样像直径一米左右的钟摆，正垂挂在天花板上。每左右摇晃一次，便在来自灯笼的蓝光下折射出耀眼的光。

“为什么有光呢？”

真由美只是觉得奇怪。比起这，她还是害怕老鼠。稍不留神，老鼠们就会爬到她身上。

过了一会儿，当她把目光又移向天花板时禁不住大吃一惊。只见钟摆大幅度摇晃，不停地朝下降落。眼下，距离她只剩两米左右。

真由美聚精会神地望着钟摆，察觉钟摆下端系有寒光闪烁的剃须刀。

超大型的剃须刀正在缓缓下降。

大钟摆一边左右晃动一边徐徐下降。

有相当重量的剃须刀，每在空中晃动一次便发出恐怖的响声。

真由美紧盯着距离自己越来越近的超大型剃须刀，哆嗦得上下牙不停地打架，发出咯咯的响声。

“我现在明白了，那家伙想用超大型剃须刀杀死我……再过五分钟，身体就会被拦腰割成两段。怎么办……”

真由美咬紧牙关，两眼紧盯着二十面相的“杀人工具”。看着看着，顷刻间失去了知觉。

不知过了多久，她醒来了。

她猛然察觉，令人恐惧的“钟摆剃须刀”距离脸部近在咫尺，并且还在不停地摇晃。再过两三分钟，钟摆剃须刀将……

钟摆剃须刀没有停止下降，也没有加速，依然是按原来的速度……

真由美的脸不由得跟着钟摆一起忽左忽右地摇晃，脑袋里一片空白。

就在这危急时刻，她脑海里猛地闪过一个念头：也许是来自神的力量？

“是的，如果顺利……”

想到这里，她对生命充满了新的希望，脸上浮现出淡淡的微笑。她扭过脸朝放饭团的盘子望去，见老鼠们正津津有味地吃着饭团，眼下就剩下一半了。

真由美用右手抓住剩下的饭团，将它涂抹在捆绑自己的绳索上。不一会儿，所有的绳索上都抹上了饭粒。

她屏住呼吸，瞪大眼睛注视着老鼠们的举动，十秒，二十秒……果然，有一只肆无忌惮的老鼠率先爬到真由美身上，咬起沾有饭粒的绳索。

其他老鼠见真由美没有阻拦的举动，一拥而上，开始猛咬，咔吱，咔吱……

"啊……"

真由美坚持着。

少顷，就像她企盼的那样，其中一根绳索啪地断了，于是绑在她胸部的绳索变得松弛了。

紧接着，两根、三根……相继断了，真由美的身体逐步地获得了自由。

"啊！得救了！"

真由美赶紧从坚硬的木床上滚到地板上。

她真得救了吗？还是没有。

因为，二十面相发现她离开了木床。

瞧，徐徐下降的钟摆剃须刀猛然朝上升起。凑在窥伺孔观察真由美的二十面相，无疑对老鼠咬绳的经过一清二楚。

接下来的一瞬间，房间里发生了更可怕的情况。难道是真由美遭到杀害了？不，不是的，其可怕程度完全出人意料。

房间周围的墙壁，呼地从四面朝中间倒下。与此同时，真由美身体下边的地板猛地倾斜。

整个房间的形状，像倒置漏斗。

紧接着，真由美滚落到房间中央。奇怪的是，那里有黑乎乎的洞口。

“哇！”

随着一声惊叫，真由美从洞口朝洞底坠落。

枯井模样的黑洞里没有一丝光线，是怪人二十面相所谓的大暗室国。

黑色旋涡

转眼，真由美被关押在大暗室国已有半年。

生活在大暗室国外面的人们，在明媚的阳光下迎来了忙忙碌碌的年底。尤其警视厅，在年底显得更忙。

十二月的第三个星期日下午，警视厅的中村警长接到一个奇怪的电话，凑巧是他吃完午饭正在抽烟的时候。

“是的，我是中村……”

不经意接电话的中村警长，一听到对方声音脸色骤变。飞入他耳朵的，是令他难以忘怀的怪人声音。

“我是怪人二十面相！中村警长……你是绝对不会忘了我的！”

二十面相罪恶滔天，不仅杀害了中村警长的好友明智小五郎，还炸毁了有明别墅……

“嗯，我是中村本人……打电话给我有何贵干？是向警方自首吗？”

“自首？那怎么可能！我是报告你好消息的，我找到了伊贺屋生前埋在地下的百万两金币。”

听他说话的语气，似乎兴高采烈。

“哦，恭喜你！不过，我得告诉你……”

“告诉我什么……”

“当然要告诉你！因为……百万两金币是国宝，我们警方对盗窃国宝的歹徒是不会袖手旁观的……我想，你总有一天会连同国宝出现在我的手里。哈哈哈……”中村警长讥笑对方。

“嘿嘿……你最好别说大话！那小山似的金币被我换成纸币，投资建设了我设计的大暗室国，而且用得精光。”

“你建造的大暗室国像罗马宫殿？”

“嗯，我的大暗室国可以堪称天下第一美术馆。”

“你打算在美术馆里放什么？”

“建造第一美术馆，我可是费了九牛二虎之力。至于放什么，现在还不能告诉你……你如果想参观我的美术馆，请过两个星期。圣诞节结束后，再过五天就是除夕夜。那天就是天下第一美术馆的落成日，美术馆里聚集着我的全部智慧和全部财产。哈哈哈……”二十面相歇斯底里地狂笑。

“好哇，我盼着那天！我一定参加天下第一美术馆的落成典礼。”

“好！能承蒙你大驾光临，是我美术馆的最大光荣。”

“是啊，你独吞百万两金币的目的达到了。真由美小姐对你已经没什么妨碍了吧？希望你尽快放她回家好吗？”

“请问，真由美应该回哪个家？”

“小林君告诉过我关于十堂老人的事情。现在，明智夫人想代替她死去的双亲抚养她。”

“哦，明智夫人？承蒙她的好意，可我不同意。对我来说，真由美小姐是我大恩人伊贺屋的孙女。为此，我想亲自把她培养成出色的人才。”

“真由美小姐在你的大暗室里能成为出色的人才吗？别浪费口舌了，快把她送到我这里！”

“我已经说过，我要亲自把真由美培养成出色人才！”

“你是警方的通缉犯，知道现在应该做什么吗？难道还执迷不悟？”

“啊哈哈哈……对于我来说，通缉令只不过是一张白纸而已。今天打电话给你，就是公开向你挑战。”

“你还打算继续犯罪？”

“我想带走一位可爱的姑娘，让她在大暗室国陪伴真由美度过终身。嘿嘿嘿……”

“什么？你说什么？”

“那姑娘是年轻歌手松岛奈良子，我想把她带走！嘿嘿嘿……”

“松岛奈良子可是全东京年轻人心目中的偶像和天使，希望你别干让他们失望的事情。”

“正因如此，我要把她带走。”

“我会坚决阻止你的行动。”

“你们警方怎能防住我呢？告诉你，我将用黑色旋涡让整个东京变得漆黑一片。希望你记住我今天说的。到那时，怪人二十面相将有惊天动地之举……别忘了哟！嘿嘿嘿……”

“喂，听我说！”

“我明白你的用意！是想让我继续在电话里跟你说话，为你的部下调查我打电话的具体场所争取时间，再让你的部下举着手枪包围我……你别有用心的打算瞒不了我！可我不会隐瞒打电话的场所！告诉你吧，我是在每朝新闻报社编辑部给你打电话！但是……你现在就是派警察包围这里也太迟了。因为，我没那么多时间在电话里与你聊天。好了，再见……”

刹那间，二十面相的声音消失了。

然而就在这时，每朝新闻报社大厦的门前出现了飞速赶到的警队。他们是中村警长的部下。

数十名武装警察冲进报社大厦，朝四楼编辑部跑去。

刚在会议室开完会的进藤记者，回到编辑部办公室，发现自己办公桌前坐着一个陌生男子在打电话，不由得吃了一惊。

“喂，你怎么把脚架在我的桌上，这么脏的鞋子！”进藤记者站在这墨镜男子背后，冷不防大声训斥。

“住嘴！”

墨镜男子转过脸怒视，手上握着铮亮的手枪。

“哦！”

社会部记者进藤大助又是大吃一惊。

“别喊！在我离开前，老老实实地站在这里别动！”

二十面相用命令的口气说。进藤大助吓得魂不守舍，连喊叫和逃跑的力气也没了，呆呆地站在那里。

二十面相放下电话听筒，飞快地蹿到编辑部办公室外面的走廊上。

“在那里！就是那个奔跑的男子！”

与怪人二十面相擦肩而过的警察们赶紧转过身追去，只见怪人二十面相穿过光线昏暗的走廊闯入自动电梯。

“他逃到上面去了！是上面！”

显示楼层的指针指着数字“2”，电梯停住了。警官们见状，赶紧从楼梯朝二楼跑去。

亮堂堂的新闻报社大厦的楼顶上，墨镜怪人二十面相拼命奔跑。与此同时，直升机起飞了。

“啊，二十面相乘上直升机了！”

跑在前面的警官一边追赶一边开枪……可是，枪声被直升机螺旋桨旋转的轰鸣声淹没了。

怪人二十面相乘坐的直升机，笔直地升向蓝天，朝着正在为迎新年而繁忙的银座大街上空飞去。

这时，刚刚买完年货的小林芳雄正坐在M百货大厦的屋顶上休息。

“咦！那是什么……”

小林芳雄眺望空中浮现的直升机，一脸困惑的表情。

“啊，好像要坠落？”

小林芳雄感到惊讶，这架每朝新闻报社的直升机冒出滚滚浓烟。

“啊，直升机可能迫降！”

小林芳雄和周围的人们都望着那架直升机，交头接耳，议论纷纷。

奇怪的是，直升机一边冒黑烟一边还是不停地在银座上空盘旋。

“奇怪……”望着浓浓黑烟，小林芳雄的脑海里掠过疑问，“这像恶魔旋涡……”

想到这里，小林芳雄的眼前仿佛浮现出被绑架的真由美的脸……旋涡般的滚滚黑烟笼罩着真由美，她仿佛在大声哭叫：“小林君，快救我！”

小林芳雄觉得真由美在空中大声呼喊。

就在小林芳雄浮想联翩的一瞬间，只见那架不可思议的直升机掉转方向，朝着大海方向飞去。

东京城里面被黑色旋涡气得咬牙切齿的人，除小林芳雄外还有中村警长。

“怪人二十面相，你等着瞧，黑色旋涡必将驱散，正义必将战胜邪恶。”

中村警长朝着天空像发誓那样大吼大叫。

真假歌星

那以后两个星期过去了，街上到处是庆祝圣诞的热闹景象。可年轻歌手松岛奈良子小姐却怎么也乐不起来。

银座上空出现黑色旋涡的那天，警视厅的中村警长亲自来到松岛奈良子家。

“……松岛先生，你家奈良子小姐可能会遭到怪人二十面相的绑架！从今天晚上开始，请允许我们警视厅的便衣警官上门保卫令爱。你们全家要积极协助，百倍提高警惕，千万不要麻痹……”

松岛奈良子从那天开始终日提心吊胆，每天提防着随时可能出现的怪人二十面相。

“唉，真伤脑筋！今晚是圣诞庆祝晚会，我必须去丸内剧场上台唱歌。”

已经多日没出门的松岛奈良子，必须出席丸内剧场的圣诞庆祝活动。

她与母亲商量后打电话给好朋友小林芳雄。

“我一直在惦记你，等我稍考虑一下会去你家的。”

小林芳雄的回答使松岛奈良子喜上眉梢，盼着侦探助手快些到来。

三十分钟后，小林芳雄驾车来到位于田园调布的松岛别墅。

“奈良子小姐，如果你今晚一定要去丸内剧场演出，我教你好办法。”小林芳雄笑嘻嘻地说。

“什么好办法？快告诉我！”松岛奈良子朝前探出上身，望着小林芳雄。

“我化装成你，你化装成我。”

“什么，小林君，你化装成我？”

“是的。我俩化装后分别从你家出去，到剧场后台卸装恢复你我原来模样，那样的话，怪人二十面相就是再狡诈也察觉不了。”

“好，这办法太妙啦！我化装成你，可是，小林君，你能男扮女装变成我吗？”

松岛奈良子担心地望着小林芳雄。

“没问题。我受过明智先生的化装训练，不管化装成什么人都行。”

小林芳雄笑嘻嘻地走到梳妆台镜前开始化装，接着穿上松岛夫人拿来的奈良子的衣服。

小林芳雄化装后的模样，与松岛奈良子简直成了一对孪生姐妹，使松岛奈良子本人佩服得五体投地。

“哦，太好了！我们一起去丸内剧场。”

松岛奈良子正式拜托小林芳雄。

“奈良子小姐，这下你放心了吧？你只需告诉后台值班人即可。怪人二十面相再有能耐也绑架不了你。”

小林芳雄胸有成竹地笑着说。

傍晚亮灯的时候，松岛别墅内驶出一辆自备车，朝丸内剧场驶去。车上，乘坐着化装成松岛奈良子的小林芳雄，那辆车沿街角转弯的时候，松岛别墅的后门悄悄地出现了一条门缝，身穿高中学生装的帅小伙子走了出来。不用说，这是松岛奈良子化装的。

丸内剧场坐落在有乐町车站的边上，黑压压的人群里有大人、有小孩儿，大家脸上挂满迎圣诞的喜悦的笑容，愉快地走入剧场。

尽管还是腊月，可交通警察们却累得满头大汗，忙着维持交通秩序，不仅人行道上挤满了行人，就连快车道上也是人满为患。

唱片公司宣布，二十面相扬言绑架的松岛奈良子今晚登台亮相。该消息不胫而走，歌迷们纷纷买票涌向剧场。

“不会出什么事吧？不过，我还是为松岛奈良子担心！”

女歌迷脸色苍白，为歌星松岛奈良子的安全捏着一把汗。

“也许只是唱片公司宣传而已，她本人多半是不会上台亮相的。”

好多男歌迷半信半疑。

当晚上七点开场铃声响起时，许多观众争先恐后地从圣诞树下穿过拥入剧场。一位歌迷从售票处购买了节目单，瞥了一眼封面上的松岛奈良子的剧照，随即翻到第一页。

“咦！”

他大声惊叫。节目单第一页上，是画得乱七八糟的黑色旋涡水墨画。

感到惊讶的不仅是这个歌迷，所有购买节目单的歌迷都发出惊叫声，都是满脸不可思议的表情，你看看我，我看看你。

其实，恶魔二十面相就是在等待大家迷茫的这一时刻。刹那间，剧场内的圣诞音乐中断了，取而代之的是粗声粗气的恶魔声音：

“各位歌迷，各位朋友，你们非常幸运，可以目睹松岛奈良子遭绑架的一幕……各位不必半信半疑，因为我是怪人二十面相……”

二十面相的说话声和笑声在剧场内回荡，整个剧场顿时鸦雀无声。可这样的寂静只是一瞬间，年轻歌迷们耐不住这样的压力，哇哇地大声叫喊。于是，整个剧场沸腾起来。

二十面相阴险的笑声，猛地变成“呲呲呲”针刺般的声音，顷刻间又变成原来阴险的笑声。少顷，话筒里传来年轻女主持人的声音：

“各位朋友，各位朋友，请安静！刚才放出的二十面相声音，是恶作剧录音带的声音，可能是某浑蛋潜入音响控制室偷偷换上这盘录音带的。现在，警视厅警官们已经赶到剧场后台展开搜索。

“请大家别担心，再过一会儿就正式开始演出。大家担心的歌手松岛奈良子小姐现已平安无事地到达后台，等她化完妆就上台跟大家见面。

“为此，请允许我们剧组稍改变一下今晚的节目顺序。等一会儿正式开场时，由著名歌星松岛奈良子小姐跟大家见面。

“紧接着就由她向大家献上脍炙人口的歌曲《银座白雪公主》。好，我就说到这儿，请大家稍等片刻！”

年轻的女主持人说完了，观众们总算松了一口气，剧场里也安静了许多。

从警视厅赶来的中村警长，让警官们兵分两路，一路展开搜查，一路保卫剧场。奇怪的是，无论怎么调查，就是无法弄明白那盘录音带是什么时候被替换的。

歹徒究竟是什么时候进入音响控制室的，到底是什么时候在节目单上绘制黑色旋涡水墨画的?

就在这时，从舞台上传出《银座白雪公主》开始的铃声。

幕布向上升起，舞台上是第一幕《雪天银座》的场面，用三角形纸片制成的雪花在舞台上漫天飞舞。

这时，由松岛奈良子扮演的擦皮鞋姑娘登场亮相。

“哇，奈良子小姐！”

一看到熟悉的松岛奈良子还是原来的可爱模样，观众席上顿时欢声如雷，掌声四起。

松岛奈良子走到话筒前面，朝大家甜甜地笑着说道：“各位朋友，让大家担心了！请接受我衷心的谢意。就像大家见到的这样，我精神非常好，无论二十面相怎么恫吓，我绝不会后退一步。为什么？因为我有你们这些歌迷的支持和保护。”

松岛奈良子这番热情洋溢的致辞，博得全场歌迷长时间的掌声。就在这时，也不知怎么回事，舞台照明灯全熄灭了。面对突如其来的停电，场内观众全惊呆了，睁大两眼紧盯着前面黑乎乎的舞台。

一分钟过去了，两分钟过去了，当第三分钟快要过去的时候，舞台突然亮了。亮如白昼的舞台上，松岛奈良子仍像刚才那样笑眯眯的。

她向大家逗笑似的眯上一只眼睛，随即开始唱起了歌。

可就在她还未唱到一半时，舞台上又出现了恐怖的一幕，不知从哪里射来一支箭，朝着正在唱歌的松岛奈良子小姐的胸部飞去。

“啊……”

松岛奈良子小姐的樱桃小嘴里发出令人心碎的惨叫声，声音在剧场里回荡，随即她整个身体扑通一声倒在冰冷的舞台地面上。

望着可怕的一幕，歌迷们竟然忘了叫喊，都一个劲儿地瑟瑟发抖。

“降幕！快把幕降下来！”

舞台总导演的叫喊声响彻剧场，震耳欲聋。

舞台上扮演白雪公主的松岛奈良子胸口插有两支毒箭，倒在地上痛苦挣扎。而与此同时，舞台底下的房间里发生了奇怪的事。

所谓舞台底下的房间，就是舞台下面的地下室，与舞台之间装有机械控制的升降活动板门。

有时候，演员也从升降活动板门登台演出。

平日里，地下室作为临时仓库堆放道具用。

这时，舞台地下室里仅亮着一盏光线朦胧的灯，两个道具安装工在忙碌着什么。那里有一口箱盖敞开的大木箱，他俩正齐心协力地把松岛奈良子的蜡像朝里放。

他俩谁都没说话，忙得满头大汗。

终于，酷似松岛奈良子的蜡像被放入木箱。他俩盖上箱盖，放心地擦着汗说："好，可以行动了吗？"

"嗯，可以行动了！"

两个人互相点点头，抬起大木箱穿过光线昏暗的地下走廊，打开紧急出口门后悄悄地走到剧场外面。

距离剧场十米左右的地方，有一辆等候的卡车。

他俩把箱子抬上卡车，转身来到驾驶室边上，发动引擎开车走了。

附近光线不亮的街灯下，身穿圣诞装的老人目送着他俩离去。等到卡车完全消失，圣诞装老人急急忙忙地朝剧场里走去。

木箱去向

随着总导演大声命令，两个道具安装工赶紧降幕。就在幕布徐徐下降的时候，一个左胸别有剧场工作人员证件的老人跑到倒地的松岛奈良子身边，弯下腰一把抱起松岛奈良子朝光线暗淡的舞台背后跑去。

“喂，老头，别碰尸体！”

“什么，尸体？松岛奈良子小姐还活着呢！快去打电话喊医生！”

赶来阻挡的警官却被命令打电话喊医生。抱着松岛奈良子朝舞台背后跑去的，是剧场后台的值班大爷。

“唉，可怜的奈良子……”妈妈看着躺在榻榻米上的女儿苍白的脸，伤心地掉泪，难过得连话也说不出了。

随后赶来的中村警长打算看一下松岛奈良子的伤口，问道："奈良子小姐的伤势怎么样？"

后台值班大爷连连摇手说："已经睡了，别碰她！我给她伤口刚敷了止血药，在医生没来之前让她睡一会儿。"

"嗯，那也好……辛苦你了！那支毒箭是你拔掉的吗？那是重要证据，你放在哪儿了？"中村警长想起那支毒箭，朝周围打量。

值班大爷直起腰慌张地说："啊呀，这可麻烦了！我把毒箭扔在舞台上了！我去把它找来。"

他嘴里嘀咕着，正要走出后台门口时，被圣诞装老人挡住去路。

"别找了，我已经把它拿来了！"

圣诞装老人笑着不让后台值班大爷出去。

"喂，你是谁，这么陌生？你怎么可以不经许可就进入后台？"

值班大爷不高兴地瞪了圣诞装老人一眼。

"只要发生紧急情况，我可以不经任何许可出入任何地方，这就是我的职责，嘻嘻嘻……"圣诞装老人摇晃着头上戴的那尖顶红帽，大声笑着说。

"已经这时候了，还开什么玩笑！你手上拿的毒箭是我们警方的重要证据，请交给我！"中村警长在一旁插话，随后朝圣诞装老人伸出手。

"你没发现吗，警长，这是玩具箭？"

"不管是玩具还是别的，只要它射中松岛奈良子，就成了我们警方必须掌握的证据。"

“你说这支箭射中松岛奈良子了？真是大惊小怪的！”

“你难道不知道刚才的骚乱？”

“我又没有耳聋，怎么会不知道刚才剧场里发生骚乱的原因？”

“那就好，你应该明白我为什么要说那支箭是重要证据！”

“不明白，我不明白你为什么要强调说这支箭射中了松岛奈良子？”

“你嘲笑我们警方？”

中村警长朝着圣诞装老人吼道，圣诞装老人把那支箭递到中村警长气得发红的鼻尖跟前说：“中村警长，你好像还不明白这支箭上有圈套？”

“什么，你是说圈套……”

“它是美国西部电影里经常使用的魔术箭！你仔细瞧！”

被这么一提醒，中村警长吃惊地赶紧仔细辨别。

原来，毒箭上只有两端，中段是空心的。银色圆环的左侧只装有羽毛；而银色圆环的右侧只装有箭头。像这样的魔术箭嵌在身体上，貌似毒箭从前胸穿透到后背。

“原来是这么回事。这种箭确实是西部影片里常使用的魔术箭！可我无法相信它就是插入松岛奈良子胸口的那支毒箭，因为，松岛奈良子是当场倒在地上的。”

中村警长的怀疑也不无道理，因此认定松岛奈良子是被毒箭射中而倒地的。

圣诞装老人继续发表自己的见解：“喏，中村警长，你最好看看躺在榻榻米上的松岛奈良子吧……仔细琢磨一下她那张脸！”

“如果不是松岛奈良子，那你说是谁呢？”

中村警长嘴上这么说，心里却不安起来，赶紧探出脸端详松岛奈良子的脸，接着掀开盖在松岛奈良子身上的毛毯。

“咦……这不是蜡像吗？”他惊讶地嚷道。

“这下看清楚了吧？我说的是假话吗？你们警方误以为蜡像是人，所以紧张了。嘿嘿嘿……”圣诞装老人抖动着银色胡须，滑稽地笑着说。

“你是谁？难道你是……”紧盯着圣诞装老人脸的中村警长，如梦初醒般地大声嚷道。

“中村君，你终于看出我是谁了吧？哈哈哈……”圣诞装老人笑嘻嘻地说完，猛地拽下贴在下巴上的假银须。

“你，你不是明智君吗？”

中村警长万没想到明智小五郎还活着，不由得全身一阵哆嗦。这倒不是害怕，而是兴奋，由于太意外，全身神经瞬间处在兴奋状态而抖动起来。

“你，你居然还活着……”

“我也一直在担心你呢！”

“明智君，我等一会儿听你说原因。现在最重要的是，请你解开活人变成蜡像的谜团！”

中村警长觉得，活人变成蜡像的谜远比明智小五郎平安回来不可思议。

“哦，很简单！松岛奈良子上台的时候，舞台上曾停过电吧？”

“电大约停过三分钟时间。当时，舞台照明灯一熄灭，我就觉得可疑。”

“你怀疑得对！那家伙就是停电时候玩弄了魔术。”

“什么？照你这么说，歹徒就是那时候把蜡像与活人对换的？”

“不是蜡像，而是活人之间的调换。倘若换成蜡像，圣诞歌谁唱呢？”

“原来如此。”

“二十面相找来一个嫉恨松岛奈良子的童谣歌手，她是与另一家唱片公司签订合同的。不知何故，她居然成了二十面相实施调包计的帮凶。怎么样，二十面相这魔术还玩得不错吧？”

“照这么说，是那女歌手与松岛奈良子对换的吧？那松岛奈良子现在可能被藏起来了。”

“这也很简单！松岛奈良子被人从舞台活动门板降落到地下室了。”

“什么，地下室？”

“关于舞台地下室情况，我就是不说，你马上也会知道那是怎么回事……舞台上唱歌的那个假松岛奈良子，用这支魔术箭上演了一出闹剧。”

“原来是这么回事。明智君，假松岛奈良子和这具蜡像又是什么时候在什么地方调换的？”

“是在送往后台的途中调换的。”

“什么，在送往后台途中……照这么说，抱着她送到后台的值班大爷是怪人二十面相？”

霎时间，大家怀疑的目光一起射向正在明智小五郎面前直打哆嗦的值班大爷身上。乍一看，他好像在颤抖，其实，值班大爷在捧腹大笑。

“哈哈……我真佩服你，你居然能识破怪人二十面相的魔术！但佩服之余，我还想请你解答另一个谜好吗？是啊……你的运气还真不错，竟然从有明博士的书房里逃之夭夭。”

二十面相恶狠狠地说。他曾经化装成大曾根龙次，作恶多端，十恶不赦。

“哈哈哈……看来，你是解不开我死里逃生的谜吧？那好，我告诉你吧，我的秘密在于那个烟囱！”

“什么，你是说烟囱……”

“你总还记得书房里的那个壁炉吧？就是它！门被你锁了，我只有钻入壁炉，顺着烟囱爬到屋顶上脱险。托你的福，我这个圣诞老人当时多么痛苦啊！烟囱里的煤尘弄脏了我的脸、手和脚，害得像我像挖煤工人……”

“啊哈哈哈……你还真能逗乐！”

明智小五郎与怪人二十面相之间唇枪舌剑，互不相让。站在一旁的中村警长终于忍不住了，大声嚷道：“别说了！现在不是一问一答的时候，你要真是怪人二十面相，就别乱说乱动，也别动脑筋逃走，像男子汉那样让我给你戴上手铐。”

“啊哈哈哈……中村警长，你以为二十面相能这么轻易被你抓住？”

“你说什么？”

中村警长朝前猛跨一步。就在这时候，怪人二十面相顺手拿起咖啡杯朝天花板上的吊灯扔去，哗啦一声房间里变得漆黑一片，连身边是否有人也看不清楚了。

砰！黑暗里传来枪声和窗玻璃破碎的声音。

那么，装有木箱的卡车趁着夜晚究竟驶向哪里去了？

如果说，是怪人二十面相把松岛奈良子降落到地下室的，那么，卡车上的那只木箱里装的应该不是蜡像，而是活着的松岛奈良子。

倘若这样，明智小五郎岂不就酿成大错了？明知道真情却不追赶，眼睁睁地看着卡车载着松岛奈良子逃走？

无疑，他这样做是有道理的。莫非明智小五郎设下的是欲擒故纵之计？

那么，卡车到底去了哪里？

其实，那辆卡车装上木箱驶离路边后立即熄灭了夜间行驶灯，专门选择那些没有路灯的道路行驶。大约三十分钟后，卡车越过大桥进入江东区。

这一带是厂区，有好几座桥。白天，机器声和引擎声像炸开的锅，然而一到晚上则静得出奇。

卡车继续在河边冷清的道路上奔驰，河边建有许多货柜公司的大仓库。卡车朝右转弯后开始减速，慢慢朝仓库前面的一小片空地驶去。

终于，卡车在山一货柜公司的仓库门前停下。车门打开后，两个道具安装工从驾驶席上跳下，其中一个走到仓库门前，从袋里取出钥匙迅速打开门锁，另一个则从车上把那只大木箱卸到地上。

“没什么情况吧？”

“嗯，首领好像还没回来。”

“好！快抬进去！”

他俩赶紧把地上那口木箱抬进大门里。

宽敞的仓库里，有两大堆麻袋，还有许多杂志。

“好极了，好极了，这任务总算完成了！”

他俩把装有松岛奈良子的木箱放到冰冷的水泥地上，不停地擦着额头上渗出的汗珠。

“好像没人看见吧？”

“有什么可担心的？这仓库是绑架事务所的，就是阎王也不会知道。”

“是啊，不会有人知道。那些警察一遇上我们首领就晕头转向。”

“是的！去看一下十堂老头好吗？真可怜，被嵌入折叠式魔术椅子里。听说，他现在被扔进大暗室国的蛇馆里了，是吗？”

“哎，大暗室到底在哪里？听说叫美术馆，摆满了首领从世界各国盗来的宝物，琳琅满目，应有尽有。”

“桑原君，桑原君，首领说过不准提大暗室，要是被首领听见，我俩明天早晨就会被扔入隅田川喂鱼！”

“好，不说了。哎，夜间好冷啊！趁首领还没回来，我们外出吃热汤面吧！”

“吃，吃，我已经饿得两眼冒金星了……”

怪人二十面相的两个部下似乎觉得有点儿冷，耸了耸肩膀走出仓库。当然，他们没有忘记上锁。

仓库里昏昏暗暗的，冰冷的水泥地上的大木箱显得孤零零的，那里面躺着松岛奈良子。

五分钟过去了，十分钟过去了……能听见的，是猫头鹰伤心的啼叫声。

突然，仓库里出现了圆圆的手电光束，在地面上快速通过。也不知拿手电的人是从哪里进来的，猛地停住站在那里。

一缕月光洒落在仓库里，黑暗里浮现出一张人的脸来，不是别人，正是怪人二十面相。他回来了。

只见他把手电放在裤子口袋里，悄悄地贴近那口酷似棺材的木箱。

“这讨厌的明智小五郎，浪费了我这么多时间……”

他恬不知耻地打了一个响舌，猛地打开箱盖。

不用说，松岛奈良子还躺在木箱里昏睡。二十面相弯腰端详了片刻，忽然他好像明白了什么。就在这时，松岛奈良子原本闭着的双眼忽地睁开，冲着怪人二十面相扑哧笑出了声。

“你，你……”

二十面相恼羞成怒，气得五官变了形，挥起拳头便朝木箱里的松岛奈良子打去。为躲开二十面相的拳头，化装成松岛奈良子的小林芳雄赶紧溜到地上。

“啊哈哈哈……大曾根君，你又上我的当啦！”

小林芳雄嬉皮笑脸地摇晃着额头上的刘海儿，笑着说。

“畜生，你这个畜生！”

二十面相朝地上狠狠跺了一脚，后悔自己又中了小林芳雄的圈套。

“好，我要让你尝尝厉害。”二十面相张开双臂朝小林芳雄猛扑。这时，堆得像小山包似的麻袋顶上出现了侏儒的脸。

“首领，不好啦，仓库外面黑压压的到处是警察！”

“什么，警察包围这里了？我被他们跟踪啦……哼！侏儒，你快用火点燃这一大堆麻袋，快从地道里逃走！”

“是！立即行动……可是，首领，你呢？”

“我把这小兔崽子绑在柱子上再下地道。喂！你一出去就赶紧备船。”

“明白了！”

刹那间，麻袋堆上的侏儒不见了。于是，怪人二十面相又朝小林芳雄扑去。

“上！”双方异口同声，同时朝对方猛扑，身体相撞后倒在水泥地上扭作一团。

仓库里的搏斗声响可能惊动了警察，传来猛烈的砸门声，咚咚咚……可坚固的大门岿然不动。就在警官们砸门的时候，小林芳雄被二十面相按倒在地，随即被绑在粗柱子上。

“好，我送你上西天！小兔崽子，你再怎么挣扎也不可能逃出这里。哎呀，真可怜！小林君，你是代替明智小五郎自投罗网，我太高兴了！哈哈哈……”

怪人二十面相瞬间消失在秘密地道口，可笑声还在仓库里回荡。

小林芳雄打算挣脱绳索，可没有警方的帮助是挣脱不了的。转眼间，不知从哪里飘来刺鼻呛喉咙的焦味，并且瞬间在仓库里弥漫开来。

小林芳雄急得浑身冒汗，他清楚是麻袋堆着火了，呛人的烟味扑鼻而来，是赛璐珞燃烧的味道。看来，麻袋里装有赛璐珞。

就在他刚明白的一瞬间，传来爆炸般的响声，麻袋堆像火山那样开始喷火，仓库里顿时成了火海。

而恰巧这时，大门被砸开了，拥入几十名武装警察，将差点儿被大火烧死的小林芳雄救出。可遗憾的是，怪人二十面相无影无踪。显然，他和侏儒乘坐机动船沿隅田川逃走了。

小林芳雄把这个情况告诉警方，警方尽管立刻在隅田川河上展开大搜索，结果却一无所获。

“先生，真对不起，你好不容易抓住那家伙，却又让他……”躺在病床上接受烧伤治疗的小林芳雄，含着泪对明智小五郎说。

“这不能怪你，是我太麻痹大意了。我做梦都没想到这家伙如此狡猾。可话说回来，这次是以我们胜利告终。因为，他绑架松岛奈良子的行动没有成功。”

明智小五郎微笑着拍了拍小林芳雄的肩膀。

招待记者

值得庆幸的是，二十面相想在圣诞节绑架松岛奈良子的阴谋没有得逞，仅仅是深川那里的仓库被烧而已。

可小林芳雄对二十面相溜之大吉一事始终耿耿于怀，总觉得是最大的遗憾。

“太好了！明智先生回来了。只要他在，奈良子小姐就不会有危险。”

恢复元气的小林芳雄对松岛奈良子许诺。

或许是明智小五郎顺利回家的缘故，怪人二十面相突然像人间蒸发那样杳无音信了。难道是他害怕明智小五郎而放弃绑架松岛奈良子的念头？

新年到了，松岛奈良子身体完全恢复了，像往常那样出现在电视和广播里。

一月八日的早晨，也就是为庆祝新年在正门装饰松枝的那天，东京六大报社的总编辑们接到明智小五郎打来的电话：“关于怪人二十面相下落的线索我已经掌握，特地打电话告诉各位。过一个小时后，请你们各派一名处事果断的记者去麻布某国大使馆……”

明智小五郎的这一要求，得到六大报社总编辑的一致同意。每朝新闻报社的社会部记者进藤大助接到总编辑的命令，立刻驾车去了麻布的某国大使馆。

进藤大助下车后，在日本籍女雇员的带领下走进漂亮的大客厅。这时，其他五家报社派来的记者早已在这里等候，正抽着烟聊天。

“明智先生马上就到，请大家稍等片刻！”

眨巴着眼睛的日本籍女雇员，笑眯眯地给六位记者端上热气腾腾的红茶。记者们接过红茶一饮而尽，没有丝毫怀疑红茶里有什么问题。

进藤记者显然也没介意，喝起了红茶。红茶虽略带点儿涩味，但非常好喝。这红茶，是该国大使馆用来招待贵宾的。

片刻过后，门打开了，一位身穿黑色西服的青年绅士径直走来。

“对不起，让你们久等了。”

青年绅士大大方方，酷似大使馆的主人，一屁股坐在对面椅子上。不用说，他不是该大使馆所属国家的人，而是与记者们同样是日本人。

“一个，两个……五个，六个，好，都到齐了！接下来，我对你们说说怪人二十面相的情况。”

青年绅士刚说完，其中一名记者不客气地向他提问。

“对不起，你是谁？我们是应明智先生邀请来这里的……”

“噢，可关于怪人二十面相的情况，我比明智君还要清楚。各位记者朋友，你们大概还不知道我是谁吧？我叫大曾根龙次，与明智小五郎一起从都丸号客船撞礁事件死里逃生的那个！哈哈哈……”

“那，你是……”

“你们现在总算明白我是谁了吧？我是怪人二十面相！嘿嘿嘿……”

扮作大曾根龙次的怪人二十面相身体朝后一仰，得意扬扬地笑了。

“什么，你是……”

B报社的岛田记者勇敢地站起来，表示抗议。

“哼，坐下！再站起来我就命令枪手赏你一颗子弹。”

怪人二十面相神气活现地呵斥道。

“什么？”

岛田记者和其他五名同行不由得转过脸。令他们感到惊愕的是，怪人二十面相并没有撒谎，从窗口、门缝以及窗帘背后伸出六支手枪，从四面八方瞄准了他们。

“哦……”

顿时，勇敢的岛田记者变得胆怯了……猛然觉得双腿酥软，浑身无力。

“你把我们骗到这里的目的是什么？”进藤记者嚷道。

怪人二十面相笑着说：“嗯，你这个问题问得好！请你们光临不为别的，主要是带你们去我的大暗室国参观参观。”

“什么，去大暗室国……”

“你们一定听说了吧，我的大暗室国里有超豪华美术馆！今天凑巧是举行美术馆落成仪式，请你们先饱眼福，再请你们在报上刊登大暗室国美术馆的首创和它的惊人之处。”

怪人二十面相眉飞色舞地解释说。

“如果我们拒绝呢？”

进藤记者尽管被那些手枪吓得不轻，但还是斗胆提问。在六个记者中间，还是他最有胆量。

“好不容易把你们请到这里，不能让你们拒绝。”

“你打算用严刑拷打强迫我们发稿吗？”

“用不着严刑拷打。因为，你们肯定会按我说的做，去大暗室国参观美术馆，随后在各自新闻媒体上发稿。”

“咦，我这是怎么啦……”

进藤记者忽然感到昏昏欲睡，拼命睁开眼皮。

“瞧，瞧，各位朋友睡意很浓吧？”

“咦，照这么说……”

“是红茶的缘故！刚才请你们喝的红茶里放有速效安眠药！嘿嘿嘿……瞧你们的上下眼皮不是已经在打架了吗？别介意，回到沙发上舒舒服服地睡一觉吧！

“等醒来的时候，你们已经被我的手下送到大暗室了。我请你们参观一个整天，接下来再请你们睡一觉。等你们再醒来的时候，又回到了这个房间。我要让你们睡着的时候做一些奇怪的梦。嘿嘿嘿……”

怪人二十面相冷笑着说完，环视了一眼周围的新闻记者。

六个记者倦意浓浓，极力想睁开眼睛，可抵挡不住接踵而来的睡意。眨眼间，安眠药性正式发作，无奈，不得不趴在桌上睡着了。

不知过去多长时间，进藤记者似乎感到整个身体被捆绑得不能动弹，他啪地睁开眼睛。

“咦，这是哪里？”

借着暗淡的光线张望，这里好像是深邃无尽头的隧道，没一丝风，冰冷的岩石地面一直向前延伸。

“啊，我还是被送到那家伙的大暗室国了！不知其他五名记者怎么样了。”

进藤记者边想边使劲晃动难以动弹的身体，经过一番努力，终于直起上半身。

这时，他忽然看见身边有像青虫那样蠕动的怪物。进藤记者不由得“啊”地喊出了声。这爬行的怪物，很像经常出现在青年杂志上的机器人。

进藤记者数了一下，一共有五个。无疑，这五个机器人是跟自己一起来的其他报社的同事。

进藤记者提心吊胆地摸了一下自己的脸，觉得又像自己的脸又不像自己的脸……

糟糕！进藤记者像其他五个记者那样，全身上下以及脸部都罩上了钢铁外壳，成了地底下大暗室国的机器人。

六个机器人相互看着对方的脸，个个心急如焚。

“唉，这下可糟啦……”

B社的岛田记者伤心地说。

这时，从光线暗淡的隧道前面传来酷似汽车的声音，声音距离他们越来越近。紧接着，大暗室国的一辆卡车驶到六个机器人记者面前停下。令他们吃惊的是，卡车司机也是与进藤记者他们一样的机器人。

“好了，各位朋友睁开眼睛看吧！”

卡车上站着挺胸凸肚的怪人二十面相，俨如相扑运动员。现在，他摇身一变成了大暗室国的主人。

怪人二十面相已经换上空中秋千杂技师的黑色紧身衣裤，与刚才在某国大使馆里见到的服装不同。

“现在我带你们去美术馆，请排队上车吧！”

“谢谢你的精心准备。可我们拒绝去那里！穿这样的服装行动不便。”

岛田记者气呼呼地说，怪人二十面相扑哧笑了。

“既然来到大暗室国，就请入乡随俗尊重本国法律吧！凡是大暗室国的国民，都必须穿上这样的服装。”

“对不起，我们不能去。”

“那不行！如果违抗命令，那我就……”

怪人二十面相话还没有说完，六名记者突然感觉到全身导电，从眼睛部位闪出节日礼花那样的电光。

二十面相好像在机器人外壳的眼睛部位装上了机关，可以使机器人外壳产生电流。罩着机器人外壳的六个记者尝到了厉害，个个脸色苍白，不再表示反抗。

“怎么样，各位朋友，快执行我的命令吧！”

怪人二十面相笑嘻嘻地指挥他们上车，随后车沿黑暗的隧道行驶。

漆黑的隧道里有好多岔道，每个转弯处都装有小灯泡，灯泡上写有阿拉伯数字。其亮度像萤火虫的光，显然是起导向作用，避免车在隧道里迷路。

这条隧道的具体位置究竟在东京的哪里？根据感觉，好像是在东京附近伊豆半岛的山上……

身体随着卡车颠簸摇晃不停的进藤记者，在思索中发现前方有印度魔神像那样的巨人脑袋，比一般人的脑袋大上千倍。魔神头像威风凛凛，张着血盆大口，仿佛要一口吞下卡车。

卡车在魔神头像的前面无声地停下，六名机器人记者下车后，走到魔神头像前面抬起头仰望，那头像似乎是刻在岩石上的。这里是美术馆入口。

二十面相说话了。

“这里就是我的美术馆，请你们跟着我从这里进去。”

话音刚落，二十面相瞬间消失在魔神头像张开的嘴里。

大家你看看我，我看看你，犹豫了好一会儿，最后还是硬着头皮屈服了，提心吊胆地跟在二十面相后面走着，沿头像下端两排牙齿中间的狭小通道朝纵深处的腹部走去。

大暗室国美术馆的壮观景象，让记者们惊呆了。地下隧道里竟然能建造如此豪华的建筑，实在是不可思议。像这样的大展厅，隧道里还有许多。

所有展厅房间的地面上铺有彩色地砖，唯朝拜者的专用通道上是非洲豹皮加工而成的地毯。

怪人二十面相笑着伸出手指着旁边的玻璃橱说：“瞧！这玻璃橱里装的是英国皇家的死神王冠。”

陈列在玻璃橱里的著名死神王冠上，数不清的宝石在闪闪发光。

“这些宝石大概是假的吧？”进藤记者觉得王冠上的宝石多半是玻璃制成的，故意问道。

怪人二十面相笑着答道：“你的怀疑是正确的，怎么可能从伦敦塔里盗出死神王冠呢……各位朋友觉得不可思议是理所当然的。但你们别忘了，只要充分发挥金钱的魅力，什么样的奇迹都能出现。至于我二十面相的魔力，也许一半是来自于金钱。要说最有说服力的例子，就是这些在大暗室国辛勤工作的男子，都是冲着金钱应聘来的。”

“可不管金钱有多大诱惑力，绝不可能盗出死神王冠！”

“嘿嘿嘿……你还在怀疑！好，为了各位写稿顺利，我特地邀请了某报文艺部精通美术的记者。怎么样，N报社的中西先生，你是曾经在伦敦生活过的文艺部记者吧？各位朋友，你们也一定看过中西先生的美术评论和他报道的外国消息吧？他应该是大家信得过的内行吧？现在就请他鉴定那顶王冠是赝品还是真品。”

怪人二十面相满脸自信，把玻璃橱钥匙扔给中西先生。

千真万确！玻璃橱里的王冠是死神王冠。于是，大家对怪人二十面相高深莫测的盗窃魔力再次感到震惊。

记者们参观美术馆所有展厅，接二连三地为琳琅满目的美术品所感叹。如果详细报道，完全可以写成一本厚厚的书。

总之，大暗室国美术馆的展厅里陈列着不计其数的世界级珍宝。在二十面相看来，只要各位记者记住这一点就行了。

大约过了两个小时，筋疲力尽的六个记者瞠目结舌地坐在沙发上。刚才突然消失的怪人二十面相，又不知从哪里钻了出来。

“嘿嘿嘿……看你们一个个大惊小怪的，真是少见多怪。你们现在就已经吓成这样还为时过早，接着带你们参观美术馆最顶尖的大型美术品！”

他一边笑一边用手比画，记者们无可奈何地又站起来。

记者们被带到美术馆最里面的展厅。整个美术馆里，就数它昏暗阴沉。

“来！请到这里来！”

怪人二十面相做了个手势，记者们战战兢兢地靠近那里。那里放着一个快要接近天花板的大型玻璃缸。

“哈哈……这叫水族馆展厅……”

进藤记者一边思索一边朝玻璃缸里窥视，暗自琢磨怪人二十面相可能养了一条珍贵的大鱼。就在他目光接触那条鱼的瞬间，他大声惊叫起来。

灌满水的玻璃缸里，可爱的美人鱼正在痛苦不堪地打滚。身着美人鱼装的姑娘，看上去十七八岁，可能是被强行扔进玻璃缸里的。

“啊哈哈哈……吓着各位了吧？这是我怪人二十面相最引

以为豪的美人鱼！请大家仔细欣赏……”

令人毛骨悚然！玻璃缸里的美人鱼已经呼吸困难，不停地呛着水。可怜的姑娘也许再过五秒钟就会气绝身亡。

“快！快！快让姑娘出来！”

进藤记者脸色骤变，拼命敲打玻璃缸。这时，天花板上突然伸出耙子形状的钩子，钩住活美人鱼吱吱溜溜地朝上拽。

记者们身穿不透风的机器人外壳，浑身大汗淋漓。

“你太残忍了！”

进藤记者大声指责怪人二十面相。

“只要每个国民牢牢遵守地下大暗室国的法律，我不会起杀意。这姑娘是大暗室国的公主，可她背叛了我，我不得不让她穿上美人鱼装进到玻璃缸里。”

“哼！这里完全是令人毛骨悚然的地狱！怪人二十面相，你的大暗室国究竟在哪座大山？”

“什么，你问哪座大山……嘻嘻嘻……各位朋友，你们都觉得这儿是大山里吗？太有趣了！其实，大家脑袋上面就是银座的M百货大楼。”

怪人二十面相说完，捧腹狂笑。

“你别把我们当傻瓜！难道我们会信你骗三岁小孩儿的谎话？可能你还想说，我们的头顶上有奔驰的地铁和电车……”

“我确实没撒谎。如果谁拥有像我这样的财力，他也完全可以像这样模仿。我马上让你们看事实！这里由于没有安装潜望镜，参观就到此为止。另外，这一带有人流拥挤的危险。现在，我带你们去别的地方！”

六名记者又被迫乘上卡车，车沿着光线暗淡的隧道行驶了二十分钟左右，随后来到某工地现场。这里，有许多奇形怪状的机器人。

“瞧，这些形状奇异的机器人都是大暗室国的忠实国民。”

怪人二十面相一边打量不声不响的机器人群，一边得意扬扬地解释。

“哎，你到底让我们用潜望镜看什么？”

进藤记者不可思议地朝怪人二十面相跟前走去。

“嗨，别忙着问！我打开房门后，你们别拥挤，一个一个地进去。这里是大暗室国的监视所，你们不能长时间待在这里。因为，让你们记住有标记的东西，我可就麻烦了。每个人用潜望镜眺望地上国，但不能超过十秒钟！”

怪人二十面相吩咐部下带他们一个一个进监视所。

轮到进藤记者眺望的时候，他走进房间发现监视所非常狭小，酷似潜水艇的操控室。潜望镜一头悬在天花板上，一头垂在房顶与地面的中间位置。他把眼睛凑上去，啊，看见了，看见了，像电视上的天然色，可以清楚看见地上国的繁华景象。

现在，恰是地上国傍晚时分，道路上的人显得忙忙碌碌的，也弄不清潜望镜里的城市处在什么位置。但是，可以肯定是在东京都内。正在进藤记者窥视的时候，只见一个手拎提篮的妇女沿右边人行道匆匆走着。

接着出现的，是一条茶色野犬。只见它一边不停地吼叫，一边为追赶水产商骑的自行车而猛地蹿到快车道上。这时，凑巧迎面驶来一辆汽车，险些轧着那条茶色野犬。

紧急刹车的时候，车尾正巧朝着进藤记者眼前的潜望镜。

“啊，危险！”记者不由得大声叫喊。

这时，传来怪人二十面相的命令：“换下一个！”

于是，眺望了约十秒钟的进藤记者被拽着走出监视所。

“嗯，果然像你说的那样，我们的头顶上面是东京的街道。可是，二十面相君，如果我们返回地面向你的大暗室国发起进攻，你怎么办？”

“那不可能！”

“为什么？我们挖掉银座M百货大楼的地下层，不就到你这里的大暗室国了吗？”

“到那时，你们的生命都不存在了。”

“为什么……”

“大暗室国里有爆炸装置，地上国与地下国的边界，我埋设了大规模的爆炸装置，你们一旦触及它，整个M百货大楼将在瞬间化为灰烬。你说你们敢进攻吗？嘻嘻嘻……”

记者们不吱声了，接着一个个被注射安眠药后又昏昏沉沉地睡着了。

当六名记者醒来的时候已经是次日清晨，而且是躺在警视厅玄关前面的石台阶上。

决　战

六名记者气呼呼地走进警视厅，向中村警长详细诉说被强行带到大暗室国美术馆的遭遇。

“嗯，原来是这么回事！你们说的完全是事实。”

中村警长突然想起怪人二十面相曾经在电话里对自己提起过，说是哪一天担任向导，带他去大暗室国美术馆参观。

根据这些记者的诉说，美术馆似乎已经建成，并且建造在不属于警方管辖范围的某国大使馆地下室。

要真是这样，必须迅速出击尽快端掉大暗室国。可该国大使馆不会同意，如果警方执意要这么做，就有可能闹出国际问题。

中村警长想到这里，立即把电话打到外交部。

“我们想在某大使馆展开搜查，能否提供方便和指导我们怎么做？”

外交部的回答让警方始料未及。

“噢，该国大使馆从大使到工作人员都于一周前回国了，仅留下日本籍雇员。”

中村警长大声惊叫，立刻带领部下驱车赶到麻布的某国大使馆，在二楼浴室里找到一对日本雇员，是老夫妻俩，他们手脚被捆，嘴上蒙有手巾。

无疑，这对老夫妇遭到怪人二十面相一伙的偷袭。

“畜生！浑蛋！”

六名记者悔恨交加。他们虽与警方赶到这里，可怪人二十面相一伙早已不见人影。于是，他们开始怀疑大暗室国是否在东京地下。

那天晚报上，东京六家大报社分别刊登了震惊日本列岛的《大暗室国美术馆之行》报道。

市民看了这篇报道，仿佛坠入无底深渊，惊恐万分。

“警方到底是什么打算？应该尽快端掉美术馆！东京地下有这样的大暗室国，叫我们怎么睡得着？我们今晚肯定睡不着了。”

市民们怨声载道，纷纷责怪警方无能。

“……这事不可轻举妄动！任意地挖掘地面，万一碰上地雷那样的爆炸装置，不光我们警察，还涉及全东京成千上万市民的生命安全。”

“嗯，如果这是事实，我们警方必须先监视大暗室国的出入口，派一支警队悄悄潜入美术馆。不管怎么说，应该能想出消灭大暗室国的办法。这起案件，我命令你尽快侦破它！”

总监办公室里，警视总监与中村警长进行了长时间交谈，最后下达了侦破此案的任务。

傍晚过后，中村警长回到自己房间，刚打开门，发现明智小五郎坐在桌前正笑呵呵地望着他。

“啊，明智君，你怎么在这里？”

“担心你呀……”

“你来得正好！为这起案件我真是伤透脑筋。”

“大概感到为难了？”

“这么说，你已经掌握怪人二十面相的线索啦？”

“嗯，差不多吧！”

“是真的吗？”

中村警长激动得敲了一下桌子，一屁股坐到椅子上。

“明智君，你是不是找到大暗室国的出入口……”

“中村君，我看了晚报上的报道后，走访了六位记者，从他们的回忆里发现了线索。”

“太难得了！那……那出入口在哪里？”

“多半在那里，但我必须亲自去现场核实后才能确定。”

“现场在哪里？”

“在日本桥的小传马町！”

“什么，在日本桥……”

“是的，我煞费苦心地调查了好长一段时间。请先听我的调查汇报。六个记者先后在大暗室国监视室里用潜望镜眺望地面，可其中五个记者对于潜望镜里那条街道的所在位置说不上来。我失望极了！当我问最后一个记者进藤君时，可谓柳暗花明又一村，他的回答很有价值。”

“怎么，他是不是说看见有标记的广告牌了？”

“不，不，他与其他五人的回答很相似，只是他用潜望镜眺望的时候，凑巧看见了地面上发生一起偶然事件。”

“偶然事件？是不是发生什么争执？”

“若发生在平时，也许马上会忘记，但这是用潜望镜看见的，因此留给他的印象特别深。一家出租车公司的中型卡车，险些轧死一条野犬。紧急刹车时，卡车车尾恰巧在潜望镜的前面。”

“哦，卡车牌照号码呢？”

“是的，车牌号码当时被进藤君记住了。他在思考我啰唆的提问时，终于唤醒对车牌号的记忆。”

“太好了！”

“后来的侦查工作就容易开展了。小林君两小时后找到那家出租车公司。”

“司机还记得轧伤那条野犬的事吗？”

“是的。他说，送完乘客去浜町明治座的回家路上，是沿小传马町电车道行驶的。途中不知从哪里蹿出一条野犬，确实被自己的车撞伤了。”

“这消息太让我高兴了！”

“于是，我和小林君两个人对从水天宫到本石町的电车道进行了彻底排查。你也许知道，那一带是批发商云集的街道。道路两侧，都是信誉极好的大公司和商店，一家紧挨着一家，反而使我们的走访排查更为方便。当我们来到小传马町公共汽车站旁边时，发现了一幢夹在两家商店之间的大型别墅。”

“哦！”

“这幢别墅的外表非常大气，周围是很高的混凝土围墙。我们去附近打听，得知该别墅原来是当地有名的棉花批发商建造的。

“一年前，一个叫三野浦的老人买下这幢属于委托出售的别墅。据说，三野浦老人还住在别墅里……

“经过进一步调查还得知，三野浦是古佛像的收藏家，经常委托大卡车将大型货物运回家中。周围邻居说，没见过老人别墅里住有什么亲属。”

“那就怪了！”

“于是，我们悄悄潜入那幢大别墅侦查。我们这一举动，也许会受到你的责备。但我们认定别墅下边肯定有地下室，可遗憾的是没有找到例如枯井或大树空心洞之类的出入口……就在我们打算放弃搜索的时候，偶然发现二楼铜制落水管上闪烁着宝石那样的光芒。你猜那是什么？嘿！那洞口是潜望镜的镜头！”

“啊，你连那也调查清楚了！劳苦功高！剩下的，你就看我们警方的吧。我们一定要找到神秘的出入口。”中村警长信心十足地拍了一下胸脯。

“哎，你别急，你难道想去碰那可怕的爆炸装置？”

“那，别墅楼里有通向地下大暗室国的出入口？”

“嗯，我当时是这样判断的。为找到出入口，我认为必须去一回天上！”

“什么，去天上？”

“借助警方的力量，乘坐气球到那幢别墅附近的上空。”

“噢，是坐在气球上监视别墅吧？”

“是的，让小林君随气球在天上俯瞰监视。”

“好，就这样决定！”明智小五郎与中村警长两双大手紧紧地握在一起。

一小时后，小传马町某棉花批发公司的屋顶上飘浮起一只大气球。

小林芳雄坐在气球吊笼里，周围挂满了随风飘荡的商品宣传广告条幅。从地面上看气球，丝毫看不出任何破绽。

大楼的三楼会客室里，所有窗户都拉起了厚厚的窗帘。明智小五郎和中村警长坐在电话机桌旁，不时地与天上的小林芳雄保持联络。

上午一切平安无事。可下午太阳开始西斜的时候，有人从卡车上卸下一只可以容纳人的大箱子，朝三野浦别墅的院子里抬去。

于是，天上的小林芳雄在电话里对明智小五郎说：“先生，有一辆奇怪的卡车停在三野浦别墅的大门前，几个人从卡车上卸下一只大箱子。那只箱子大得可以装人，现正在朝院子里抬。”

“小林君，你再仔细用望远镜观察一下，有没有人从箱子里出来……”

“没人出来。现在，那箱子被抬到院子里的古池边上。那几个搬运工已经乘上卡车消失了。”

“噢，奇怪……请你记住！马上会有人出来抬那口箱子。要仔细监视！”

打那以后两个小时过去了，气球吊笼里的小林芳雄没再打来电话。

坐在没有自然光线房间里的明智小五郎和中村警长，克制着焦急的心情耐心地等待着。殊不知，乘坐在气球里的小林芳雄比他俩更焦急。

时间一分一秒地过去了，小林芳雄耐心地把眼睛凑到望远镜前，瞪大眼睛监视三野浦别墅院子里的动静。

不可思议的情况终于发生了。

天空没有一丝风，可古池里的水面却剧烈波动起来，哗啦哗啦激荡个不停，仿佛古池在发怒，顷刻间水面涌起高高的水柱。

“先生，不得了啦！古池里出现怪物了，是一个像潜水艇脑袋那样的银色圆筒，力量很大，猛地从水面凸起。”

“好极了！小林君，我要等的就是它。古池里出现的圆筒，就是通往地下大暗室国的出入口！”

“哎，哎，你在说什么？”中村警长从椅子上腾地站起身来。

“先生，果然像你说的那样，银色圆筒上的盖子打开了，从中走出一个机器人来。啊！还有铁梯正在朝池边延伸！”

“哎，还有什么呀？”

“两个怪机器人沿铁梯上岸了，朝那木箱边上走去。”

“嗯。”

“他们现在把手搭在木箱上，啊！他们抬着箱子朝着银色圆筒返回。他俩把箱子抬进圆筒里……关上了筒盖……现在，银色圆筒正在朝池底下沉。”

“明白了！它肯定是大暗室的出入口！小林君，辛苦你了，快从天上下来吧！”

“明智君，这怪人二十面相还真像魔术师呢！嗨，总算找到大暗室国的出入口了。胜利在望了！我打算马上命令部下悄悄包围和潜入三野浦别墅！”

“中村君，这事不能急。你好像又忘记地雷了？对手既然擅长魔术，我们也必须在魔术方面露一手……”

“哎，用魔术……”

“要想抓住怪人二十面相，只要耍一个奇特的魔术！你竖起耳朵听！”

明智小五郎嘻嘻笑了，把嘴凑到中村警长耳边轻轻地说了起来。

一星期后的一个晚上，电台突然中断正在播放的“聊天”节目，临时改播成新闻报道。

“非常糟糕！松岛奈良子遭绑架了。不用说，凶手是怪人二十面相。警视厅出动了大量警力，正在全力搜索绑匪行踪。”

这到底是怎么回事？那天晚上电视台演出结束后，松岛奈良子在去田园调布回家的路上突然遭到二十面相一伙的绑架。

按理说，明智小五郎他们已经发现大暗室国的所在地，却迟迟不见警方行动，警方和明智小五郎到底在干什么？难道把松岛奈良子忘了？

其实，并不是这么回事。案件，很快就要接近尾声。

怪人二十面相引以为豪的大暗室国美术馆里，这时又搬来一口大箱子。

“嘻嘻嘻……我终于如愿以偿把松岛奈良子弄到手了！”

抚摸着箱盖笑嘻嘻的小个男子，便是大暗室国的侏儒。

“别废话，快打开箱盖！”

被怪人二十面相狠狠瞪了一眼的侏儒，急忙打开箱盖。躺在箱子里的松岛奈良子像受惊的天鹅那样直打哆嗦。

“嘻嘻嘻……这姑娘跟我太有缘了！这一回我可没上小林芳雄的当！喂，侏儒，快给松岛奈良子姑娘穿上美人鱼泳装！”

“是，首领，是把松岛小姐扔进盛满水的玻璃缸吗？”

“是的，把她扔进去！我要让她付出使我难堪的代价，让她变成活美人鱼！”

此刻，侏儒就是同情松岛奈良子，也不敢违抗主子二十面相的命令。尽管十分同情她，可他还是抱起身体并不怎么重的松岛奈良子，笑嘻嘻地沿楼梯朝楼上走去。

楼下是观赏玻璃缸的地方，楼上是玻璃缸的灌水口。

怪人二十面相笑逐颜开地走到玻璃缸跟前，昂起脑袋，等待侏儒从上面把松岛奈良子扔入水里。他足足等了五分钟，就是不见松岛奈良子的影子。

“怎么还没扔呀？”

就在怪人二十面相急得大声吼叫时，玻璃缸里忽然发出了响声，与此同时水花四溅。松岛奈良子被扔进水里了。

他仔细一看，顿时傻了眼，被扔入水缸的不是长发姑娘，而是短发男子，正是自己的心腹侏儒。

侏儒在水里晃动着手脚，痛苦挣扎，酷似大猩猩……

“啊，这……”

面对突如其来的变化，慌了神的怪人二十面相不由得打量起四周来，猛然觉得紧张的氛围笼罩着自己。只见黑压压的机器人也不知什么时候集合的，将自己围得水泄不通。

“你们打算干什么？”

怪人二十面相摆出大暗室国元首的架势，朝机器人群狠狠地瞪了一眼。可这些机器人国民不仅丝毫没有后退，相反朝二十面相步步紧逼，不断缩小包围圈。

“你们想造反吗？”怪人二十面相打算用电流装置吓唬他们，伸出手扭动开关，可机器人们什么反应也没有。

“哈哈哈……”

突然，走在最前面的机器人放声大笑起来。

“咦，你是谁？”怪人二十面相胆战心惊地问。

“我是明智小五郎！”机器人一边说，一边取下脑袋上的银色外壳，扔在地上。千真万确，他是明智小五郎。

紧接着，他身后的几十个机器人都先后脱下银色外壳。相继出现在二十面相眼前的，是小林芳雄、中村警长和警官们。

“哈哈哈……怎么样，大曾根君，不，二十面相君，你魔高一尺比不上我道高一丈吧？”

“你，你们是什么时候从哪里进来的？”

“你当然觉得奇怪。你的秘密被我们发现了！你苦心建立的大暗室国出入口，就在三野浦别墅院子的古池里。

“既然找到出入口了，接下来可就方便多啦！你的那些爪牙，先后一个个落入我和中村警长布下的口袋里，迎接他们的当然是铮亮的手铐啰！

“你那些部下的机器人外壳，都给我们借用了。从那天开始，我们都成了你大暗室国的‘国民’了。

“你花钱收买的爪牙们做了我们的俘虏，我们成功地变成了他们的替身。还有，被你绑架和监禁的十堂老人以及可爱的真由美，都早已被我们救到了阳光明媚的地上国。

“为了见识见识你的绑架方法和绑架场所，我们早在一星期前就设置了等待你来绑架松岛奈良子的圈套！怎么样，二十面相君，这回你该举手投降了吧？”

终于，怪人二十面相被明智小五郎捉拿归案。

おわり